Chers lecteurs, chères lectrices,

Quel plaisir de vous retrouver pour ce troisième roman !

Je tiens à vous dire, en premier lieu, merci, un immense MERCI de me faire confiance et d'avoir voulu vous plonger dans cette histoire.

Vous allez vous immerger dans un récit porteur d'un message, un message d'espoir et de courage, empli d'amour et d'amitié.

Adam et Allie ont vécu un drame terrible, ils ont plus ou moins réussi à remonter la pente, à se reconstruire, enfin ça, c'est ce qu'ils croient... car nier le passé n'aide pas à avancer, n'aide pas à être heureux.

Ils vont le découvrir au fil de ces pages, en votre compagnie.

Je vous souhaite une belle lecture,

À bientôt,

Audrey

Du même auteur

_Maintenant et à jamais, romance dramatique, 2017

_Contre vents et marées, romance contemporaine, 2018

***

_Mon Héloïse, nouvelle du recueil Gourmandises de Noël, 2017

_L'ombre du passé, nouvelle du recueil Destinations inconnues, 2018

_Plume solitaire, nouvelle du recueil Il était une plume, 2018

La valse des souvenirs

« *Allie et Adam* »

Partie 1

ROMAN

Audrey MARTINEZ

« Un homme sans souvenirs est un homme perdu. »

Armand Salacrou

Prologue

Je m'appelle Maelly, j'ai 4 ans. Papa et maman sont les meilleurs parents du monde entier. C'est grand le monde entier, non ? Ils adorent rire, ils se chamaillent aussi parfois.

Ils disent qu'ils m'aiment au-delà de l'infini. Moi je crois que ça veut dire beaucoup, beaucoup, beaucoup. Je les aime aussi et j'aime Bobby[1], c'est mon doudou. Papa l'avait acheté au zoo parce qu'il aime bien les ours et il me l'a donné, il a dit que ce serait mon meilleur ami et il avait raison, Bobby est toujours avec moi. Je l'emmène partout.

On aime courir dans le jardin, aller à la plage, même que je sais presque nager. Je fais du vélo avec les petites roues et j'aime me mettre de la terre ou de la peinture partout, même si maman, elle aime pas beaucoup ça. Parfois, on va à la montagne et on fait un concours de bonshommes de neige. Papa et moi, contre maman, on gagne à chaque fois. Les bonshommes de maman sont toujours bizarres. Papa dit que leur tête est plus grosse que leur ventre, mais maman se donne du mal alors il faut lui dire que c'est bien, sinon elle est triste.

L'hiver, on mange du pop-corn devant la cheminée et on met même un dessin animé ou maman me lit une histoire. Elle aime bien chanter aussi, c'est notre « truc à nous », comme elle dit.

J'aimerais bien avoir un petit frère ou une petite sœur quand

---

[1] Référence à **Greyfriars Bobby**, un chien qui vécut à Édimbourg au XIXe siècle. Il a veillé sur la tombe de son maître durant quatorze ans, refusant de quitter le cimetière dans lequel ce dernier était enterré.

même, parce que c'est bien de jouer avec un autre enfant. Maman dit, peut-être. J'espère que peut-être ça veut dire : dans pas longtemps. J'ai hâte.

« Un seul être vous manque et tout est dépeuplé. »

Lamartine

Chapitre 1

Adam

Je me lève, comme chaque matin, avec une atroce migraine. C'est mon lot quotidien. Mon reflet dans le miroir ne m'aide pas à me sentir mieux. Mes cheveux blonds sont en bataille, il serait temps que je les coupe d'un ou deux centimètres. Ma barbe, heureusement, est bien taillée, ce qui m'évite l'air négligé. Mes yeux sont si éteints que je doute encore qu'ils soient bleus. Chaque jour, le même schéma se répète inlassablement. Un peu d'eau froide sur le visage afin de me réveiller, une tasse de café dégustée sur la terrasse, été comme hiver, et surtout une heure de jogging. Je ne peux pas faire autrement, c'est un rituel, mon rituel. Si je déroge à une étape, je sens une certaine angoisse m'envahir, la sensation d'avoir manqué quelque chose d'essentiel pour bien commencer ma journée. Mon appartement est lumineux et agréable, même s'il faut l'avouer, je ne l'ai pas personnalisé. Il me reste quelques affaires rangées dans des cartons, empilés dans la deuxième chambre. C'est un sympathique trois pièces au premier étage d'une maison de village. Je suis tombé sous le charme de cette bâtisse en pierre, sur la grande place de Coaraze[2]. Vous ne connaissez pas ? C'est normal, c'est un petit coin de paradis, perdu dans l'arrière-pays niçois. Enfin, perdu, pas tant que ça. Mais juste assez pour me ressourcer, m'éloigner du tumulte de la ville. La cuisine est sommaire, tout comme le mobilier, je n'ai pas besoin de grand-chose, en fin de compte. Les poutres donnent du cachet à ce lieu, tout comme les tomettes au sol. C'est totalement ce dont j'ai envie, de l'authenticité, du naturel, sans fioriture, sans superficialité. Je n'ai même plus de télévision, juste un poste de radio et un ordinateur pour me tenir au courant de ce qui se passe dans le monde.

Il y a un peu plus de quatre ans, je cherchais un nouveau logement. J'avais beau adorer Éric et sa famille, la cohabitation devenait difficile pour moi, comme pour eux. Ils ont eu la gentillesse de m'héberger quand je me suis retrouvé à la rue, mais il faut savoir s'éclipser lorsque le moment est venu et il était arrivé. Heureusement, le petit village de Coaraze m'avait tapé dans l'œil et j'avais ainsi pu y faire mon nid.

Ma séance de jogging terminée, je me glisse sous la douche afin de profiter des bienfaits de l'eau chaude sur ma peau meurtrie par l'hiver. Le bras tendu contre la paroi carrelée, je laisse l'eau ruisseler le long de mon dos, chaque muscle doit se détendre, alors je prends le temps de savourer cet instant. S'en suit mon deuxième café de la matinée, accompagné de deux tranches de pain grillées et beurrées. Le silence qu'offre la nature me laisse toujours pantois. J'apprécie

---

[2] **Coaraze** est une commune française située dans le département des Alpes-Maritimes en région Provence-Alpes-Côte d'Azur. Ses habitants sont appelés les Coaraziens et les Coaraziennes. Le village est situé à 667 m d'altitude sur un piton gréseux qui domine la vallée. 843 habitants en 2015.

le doux chant des oiseaux, le bruissement du vent dans les branches, la vue sur la montagne et la vallée en contrebas. Je pourrais rester des heures, assis sur ma terrasse à admirer le paysage. Il m'apaise. En général, lorsque le village commence à s'éveiller, j'enfile mon blouson et descends discuter avec les commerçants de la place. J'ai appris à les connaître au fil du temps et ils m'ont chaleureusement accueilli. L'état d'esprit des villageois est bien différent de celui des citadins. Ils savent s'ouvrir aux autres, partager, s'entraider. Il n'y a pas d'urgence, d'empressement. Il me semble que les gens prennent le temps de vivre. J'aime cet endroit.

Lorsque j'étais enfant, nous louions une résidence secondaire. Une maison installée à l'entrée de Roquestéron, un petit village d'environ six mille habitants. Cette grande bâtisse de campagne possédait une belle cheminée en pierre. J'adorais regarder le feu crépiter dans l'âtre. Je pouvais rester assis à observer les flammes qui dansaient face à moi, pendant des heures, blotti sous une couverture tricotée par ma mère. Mais ce que je préférais, c'était l'immense jardin. J'y avais la plupart de mes souvenirs. Une balançoire, un grand espace pour courir ou faire du vélo et surtout l'Estéron qui bordait le terrain. L'été, nous nous y baignions malgré la fraîcheur de l'eau. Ces instants sont gravés dans ma mémoire. Mon enfance y est au chaud, rassurante, familière, en dépit des circonstances. Cette mémoire des événements, des sentiments, est précieuse, car mes parents sont décédés lorsque j'avais 7 ans. Ma grand-mère, qui avait déjà 70 ans, m'a recueilli, mais elle ne se sentait pas de m'y emmener, comme avant. Et au fond, moi non plus. Sans mes parents, ce n'était plus la même chose. Quatre ans plus tard, elle est partie à son tour. Une crise cardiaque pendant que j'étais à l'école. Je me suis retrouvé seul. Orphelin, comme on dit.

Ça a l'air terrible, dit comme ça, mais en fait, je pense que lorsqu'on est enfant, on possède des ressources insoupçonnées. Bien sûr, on ne devrait pas avoir à affronter ce genre d'épreuves. Sans famille à 11 ans, ce n'est pas l'idéal pour commencer sa vie, pour se construire. Malgré tout, j'ai pu rencontrer de nombreux enfants et adolescents dans mon cas, orphelins, abandonnés par leur famille, retirés de leur environnement. Certains avaient des histoires bien pires que la mienne. Finalement, je m'en sortais bien avec mes souvenirs, et tout l'amour que j'avais reçu. J'étais chanceux, quelque part. En tout cas, c'est ce que j'essayais de me dire pour surmonter ma peine.

— Bonjour, Adam, comment vas-tu ce matin ?

— Bien, Gabriel, et vous ?

Je suis toujours installé sur la terrasse de mon appartement, ma tasse de café à la main. Gabriel, mon voisin se trouve sur le parking de notre villa. Il doit avoir dans les 65 ans. Petit, assez rondouillard, il a un visage souriant et chaleureux. Le genre de personne qui nous fait du bien, rien qu'en la regardant. Ses cheveux gris et courts sont au chaud sous un bonnet en laine rouge.

— Oh ça va mon garçon, mais je n'arrive pas à porter ces deux cartons, pour les mettre dans ma voiture. Avec mon dos, je ne peux plus rien soulever.

— Attendez, je vais vous aider, dis-je en pénétrant déjà à l'intérieur.

Je dépose la tasse dans l'évier, attrape mon casque ainsi que mon blouson et le rejoins sur le parking. Le vieil homme sourit, heureux de trouver une solution à son problème matinal.

— Tu pars travailler ?

— Oui, je suis de service, aujourd'hui.

— Très bien, tu viens manger à la maison, ce soir ?

— Avec plaisir, réponds-je, véritablement enthousiaste.

Je passe beaucoup de temps avec Gabriel. Il n'est pas le seul à s'occuper de moi. Il me semble que les habitants du village se sont passé le mot pour garder un œil sur le jeune pompier solitaire. J'ai trouvé une nouvelle famille. Des gens chaleureux, aimants, ouverts d'esprit et réellement nourris de bonnes intentions.

— Je te préparerai mon gratin dauphinois maison.

— J'ai hâte de le goûter ! dis-je en déposant le deuxième carton dans la vieille renault express de mon propriétaire.

— Tu m'en diras des nouvelles.

Je souris.

— Je dois y aller, à ce soir. J'amènerai une bouteille de vin.

Gabriel acquiesce et grimpe dans sa voiture tandis que je regagne ma moto. J'enfile mon casque ainsi que mes gants avant de prendre le chemin de la caserne. Je connais ce trajet par cœur. Des routes de campagne sinueuses, parfois étroites, bordées par des rambardes en bois ou des murs en pierre. La cohabitation de l'homme et de la nature. Pas de circulation, pas d'embouteillages, pas de bruit, de pollution. On peut entendre la forêt s'animer. J'ai pris la meilleure décision possible en venant m'installer ici. À l'époque, j'étais dans une phase difficile, un cauchemar même. J'ai eu la chance d'être soutenu par mes amis et collègues, car j'ai tout perdu. J'étais au plus bas, dans un tourbillon d'ennuis et de pensées négatives. Je ne voyais plus le bout du chemin, la manière de m'en sortir. Éric a été l'un de mes piliers durant la tempête. Je lui dois beaucoup. Nous nous connaissons depuis plus de vingt ans. Nous avons écumé les foyers et familles d'accueil ensemble. Nous nous sommes épaulés, l'un l'autre. Nous avons pleuré, nous avons ri, nous avons surmonté les galères de notre enfance. Aujourd'hui, nous nous considérons comme des frères. Je pense qu'une amitié comme celle-ci ne s'explique pas, elle est juste à la limite de l'inimaginable. Depuis, il a fondé une jolie famille et je me nourris de leur amour, de leurs sourires, de leur joie de vivre. Je suis d'ailleurs le parrain de ses trois magnifiques filles. Il a bien réussi sa vie et je remercie nos bonnes étoiles, chaque jour, de lui avoir offert cette belle existence après tout ce qu'il a vécu enfant. J'aurais aimé bénéficier des mêmes auspices, mais semble-t-il, le destin est parfois un peu plus cruel avec certains êtres humains. Aujourd'hui, je n'ai pas à me plaindre, j'ai trouvé un équilibre, mais il commence doucement à se rompre. Les cauchemars m'assaillent, tout comme les flashs. Et je ne peux pas les ignorer. J'ai peur de basculer dans l'horreur, peur que mon avenir soit à nouveau bouleversé, surtout pour le pire.

Chapitre 2

Allie

Lorsque j'ouvre les yeux, la lumière filtre à peine à travers les rideaux de la chambre. Je m'étire doucement, Maxime dort. Je peux percevoir sa respiration lente et régulière. J'aime ce laps de temps, chaque matin, au cours duquel tout est possible. Embuée dans mes rêves, je ne suis pas encore consciente de ma vie, de mes souvenirs, de la réalité. Je me glisse hors du lit, sans faire de bruit, et m'enferme dans la salle de bain pour me préparer. Une douche fraîche m'aide toujours à me réveiller. Je dois être en forme pour commencer cette longue journée de travail. Chaque jour est identique au précédent. Une succession d'habitudes bien rodées, une routine bien huilée. Non pas que ça me dérange, finalement, c'est plutôt confortable. Lorsque je prends mon café, assise devant mon ordinateur afin de consulter mes mails, Maxime émerge. C'est ainsi. Nous sommes prévisibles. Il a encore travaillé tard, comme tous les soirs. Il ne sait pas lever le pied, il ne sait pas s'occuper de lui, de moi, de nous. Il est obnubilé par ses dossiers. Cela ne me dérange pas tant que ça. Enfin, c'est ce que je pensais. Nous ne haussons jamais le ton, nous ne nous disputons jamais. À vrai dire, je ne crois pas avoir déjà vu Maxime, énervé. Il est d'un naturel calme. Et ça a le mérite de m'apaiser, de me rassurer. Je me sens sereine dans une relation totalement contrôlée et sans heurt.

J'ai rencontré Max, il y a trois ans. Papa venait de le débaucher d'un cabinet parisien en lui promettant la place d'associé dès qu'il aurait fait ses preuves. Il me l'a présenté lors d'un dîner. Je soupçonne mon père d'avoir eu pour projet de jouer les entremetteurs. Il a plutôt bien mené sa barque puisque nous sommes mariés, depuis deux ans. Maxime s'est toujours montré galant, généreux et prévenant. Il a toujours eu à cœur de me rendre heureuse même s'il n'a pas conscience de l'impact de son travail sur notre vie de couple. Qui pourrait l'en blâmer ? Il convoite sa promotion depuis trop longtemps pour la voir lui passer nous le nez. Finalement, je ne lui reproche rien et nous profitons des instants qui nous sont donnés sans penser au lendemain, sans faire de projet, sans parier sur l'avenir.

— Tu as bien dormi ? demandé-je à Maxime qui s'installe à côté de moi pour boire sa tasse de café.

— Oui, mais trop peu.

— Tu es rentré tard ?

— Plutôt oui, ton père m'a réquisitionné jusqu'à minuit pour travailler sur le dossier Dumont.

— Ça avance ?

— Je pense qu'on a trouvé une faille, ça devrait aller.

— Super !

— Tes parents nous invitent dimanche pour le brunch.

— Bonne idée, ça nous fera du bien.

— Bon, je vais me doucher et on y va, répond Maxime en m'embrassant sur la joue.

— D'accord.

Maxime est beau, 1m85, une belle tignasse brune dans laquelle je peux glisser mes doigts. Des yeux noisette, des lèvres fines et des sourcils épais. Je le préfère plutôt avec la barbe, cela lui donne une allure rebelle et sexy que j'apprécie, mais mon père exige qu'il soit tiré à quatre épingles, ce qui signifie, pas de barbe et rasé de près. Il a un petit air coquin, à la Ryan Reynolds. Mais il est trop sérieux pour se l'avouer.

Je me replonge dans mes mails tandis que mon époux se dirige vers la salle de bain. À ce train-là, papa va me l'épuiser. Il semble vidé de toute énergie, à s'activer jour et nuit. J'espère vivement qu'une fois la promotion acquise, il pourra lever le pied, mais je me fourvoie, mon père a toujours été un bourreau de travail. Ma mère a fait avec et je vais devoir faire de même pour que mon couple dure. N'est-ce pas une affaire de concessions ?

De mon côté, j'ai repris ma vie en main, ou presque. Rencontrer Maxime deux ans après le drame m'a permis de voir au-delà de ma souffrance. J'ai tout perdu, mais je ne peux décemment pas me laisser sombrer. Je suis en vie, peut-être plus très vivante au fond de moi, mais je respire. Mes parents ont toujours été d'une grande aide. Mon père surtout, c'est lui le pilier dans la famille, c'est un roc. Solide, droit. On peut compter sur lui, on peut se reposer sur lui, il est d'une force à toute épreuve. Parfois intransigeant, souvent exigeant, mais grâce à cela, il a réussi et nous a offert une belle existence.

— Allô ?

— Est-ce que vous êtes en route ?

— Bonjour papa...

— Oh pardon, bonjour, ma chérie.

— Maxime est sous la douche, pourquoi ?

— J'ai décroché un nouveau contrat, je voulais vous briefer avant la réunion.

— Papa, il n'est que 7 h, laisse-nous arriver.

— Les dossiers n'attendent pas, Allie.

— Je comprends, mais tu as déjà gardé mon mari très tard hier soir, alors laisse-le respirer un peu, tu vas nous l'épuiser.

— Il faut avoir les reins solides pour devenir associé. Ce cabinet ne survit que parce que j'y consacre 90 % de mon temps.

— Je sais papa, dès que Maxime sera sorti de la douche, on se met en route.

— D'accord, je vous attends avec le café.

— À tout à l'heure.

Je raccroche, désespérée. Mon père ne changera jamais. S'il pouvait dormir au cabinet, il le ferait. D'ailleurs, je crois même qu'il l'a déjà fait, à plusieurs reprises.

— Ton père ? demande Maxime en passant une cravate bleu marine sous son col de chemise.

— Comme toujours. Qui d'autre appellerait si tôt !

Je me lève pour l'aider à la nouer.

— Nouveau dossier ?

— Eh oui... On devrait installer deux lits de camp dans ton bureau, au cas où.

Maxime sourit. Il connaît mon père par cœur, depuis le temps. Il a appris à jongler avec ses exigences.

— Bon, je vais chercher ma veste.

J'acquiesce tout en fermant mon ordinateur. Nous travaillons environ douze heures par jour. Parfois, nous déjeunons avec des clients. D'autres fois, nous profitons de trente minutes de calme pour avaler un sandwich sur le pouce. Enfin, c'est ce que je fais, car Maxime grignote le nez dans ses dossiers. Il lui arrive d'en oublier de manger, je dois alors le rappeler à l'ordre. À croire qu'il a été fabriqué dans le même moule que mon père. Cette idée me fait sourire, ils se sont bien trouvés.

Le jour n'est pas levé. La nuit a été fraîche, l'humidité a envahi notre joli jardin. Max se glisse dans la voiture et allume le chauffage. Je m'installe côté passager, perdue dans mes pensées. Lorsque nous étions à nos débuts, il était aux petits soins. Cette obsession pour le travail ne l'avait pas encore gagné. Malgré son sérieux et son ambition, il avait toujours réussi à me faire une petite place dans sa vie. Un dîner romantique, un week-end en amoureux, un dimanche à se balader en montagne ou au bord de l'eau. Il aimait me surprendre et avait à cœur de me redonner le sourire. Il y était parvenu, au début. Mais mon père avait pris possession de mon mari, assez rapidement, m'obligeant à régresser en seconde position dans la liste de ses priorités. Je ne pouvais pas le lui reprocher, il m'avait toujours affirmé vouloir grimper les échelons et j'avais apprécié ça chez lui. Cette passion, cette volonté, cette soif de réussite. Malheureusement, tout cela s'était produit au détriment de notre mariage, de notre couple, de mon bonheur. Je me sens seule, en concurrence avec les dossiers juridiques ou les rendez-vous avec mon père. J'ai souvent envie de plus. Un regard, une folle nuit de sexe, un week-end réservé à la dernière minute, des vacances au soleil. Je suis transparente. Je me demande parfois si nous aurions des sujets de discussion en dehors du travail. Tout tourne autour du cabinet depuis longtemps et à l'exception de nos deux semaines de congés par an, nous ne sommes plus très liés. J'ai l'espoir de retrouver mon mari. J'ai besoin de vibrer à nouveau, mais ce n'est pas à l'ordre du jour. Je devrais m'en contenter, car je n'ai pas à me plaindre. Même si Maxime a changé, il fait de son mieux, je le vois bien. Mais aujourd'hui, j'ai envie de plus.

Chapitre 3

Adam

— Salut, Adam, café ?

— Oui, merci.

Éric m'attend dans la salle de repos, un journal dans la main, une tasse de café fumante posée sur la table, juste devant lui. Il se lève afin de me servir ma dose de caféine et dépose le mug près de moi avant de se rasseoir.

— Mal dormi ?

— M'en parle pas, j'enchaîne cauchemar sur cauchemar.

— Pas cool. Faut que tu dormes pour assurer tes gardes.

— Je sais, je grappille des minutes de sommeil dès que je peux, mais à ce train-là, je vais devenir fou, dis-je en retirant ma veste.

— Peut-être ton inconscient qui te travaille...

— Sûrement.

— Tu n'as pas envie de comprendre ?

— Pas vraiment. Je veux simplement retrouver ma sérénité et mon calme, répliqué-je en m'asseyant face à mon ami.

— Ton cocon solitaire...

— Exactement. Il me plaît mon cocon.

Éric grimace. Cela ne m'échappe pas.

— Tu n'approuves pas ?

— Ce n'est pas ça, j'aimerais juste te voir refaire ta vie, trouver une petite femme qui s'occupe de toi.

— Ce n'est pas à l'ordre du jour.

— Si tu t'imagines que les deux-trois nanas que tu as connues, ces dernières années, suffisent, ce n'est pas ça la vie.

— Ça m'a suffi, figure-toi. Pas d'attache, pas d'engagement, pas de problème.

— Tu veux finir vieux et seul ?

— J'ai le temps, tu ne crois pas ?

Éric s'esclaffe.

— Bien sûr, mon pote. Je m'inquiète juste pour toi.

— Je sais, mais tu es aussi au courant de ce que j'ai vécu, je ne compte pas réitérer ce genre d'expérience. J'ai été vacciné.

— Comme tu veux.

La sirène de la caserne retentit. Nous nous levons d'un bond. C'est ce que j'aime dans ce métier. L'adrénaline, l'action. On ne réfléchit pas, on n'a pas le temps d'avoir peur, de tergiverser, de se poser des questions, on agit. J'ai décidé de devenir pompier à la mort de mes parents. Il était deux heures du matin lorsque le feu s'est emparé du rez-de-chaussée de notre maison. Alerté par les cris de mon père, je me suis précipité hors de mon lit, mais les flammes avaient envahi les escaliers, me séparant de la chambre de mes parents qui se trouvait à l'autre bout du couloir. Il m'a hurlé de retourner dans ma chambre et de faire signe à la fenêtre pour que les pompiers me voient à leur arrivée. Je suis resté pétrifié durant plusieurs minutes. Ma mère gisait déjà au sol, évanouie. Mon père luttait en me hélant pour que je m'éloigne des flammes. Il est demeuré dans le couloir jusqu'au dernier moment, jusqu'à ce qu'il s'écroule devant moi. Je me suis alors précipité vers ma chambre après avoir pris soin de fermer la porte, c'est ce que nous avions appris à l'école. Les secours venaient d'arriver, j'ai effectué de grands signes en m'aidant de ma lampe torche afin que l'on me voie. Les pompiers ont atteint la fenêtre grâce à la grande échelle. Ils m'ont sauvé la vie. C'était il y a vingt-cinq ans. Mes parents n'ont pas survécu. L'homme qui m'a sorti de cet enfer était alors âgé de 30 ans. Il a pris soin de moi jusqu'à ce qu'on m'amène à l'hôpital et que ma grand-mère nous rejoigne. J'ai apprécié ses mots rassurants. Sa main sur la mienne. Son regard bienveillant. Il incarnait le courage et la force. Je l'admirais et je l'admire encore. Je n'ai jamais perdu contact avec ce héros. Il prenait de mes nouvelles régulièrement, et à 18 ans, je lui ai appris que je suivais ses traces. J'allais devenir, à mon tour, un soldat du feu. Aujourd'hui, j'ai de la chance, car je travaille à ses côtés, chaque jour. Cet homme, ce valeureux sauveur n'est autre que Yann, notre chef. J'ai fait des pieds et des mains pour rejoindre son équipe, après pas mal d'années de métier. Il est un peu ma famille, tout comme Éric. Sans eux, je n'ai plus grand-chose.

En fin de journée, comme prévu, je me rends chez mon voisin. Je suis exténué, mais je n'ai pas envie de rentrer et de me retrouver seul avec mes cauchemars. Sa compagnie me fait du bien, m'aide à traverser ces moments que je pensais derrière moi.

— Alors, cette journée ?

— Pas la moindre seconde de répit, comme toujours.

— C'est bien, au moins ton travail t'occupe l'esprit.

— Oui, je ne vois pas le temps passer, dis-je en débouchant la bouteille de vin.

— Voilà, fais attention, c'est chaud, précise Gabriel en déposant l'assiette devant moi.

— Ça sent bon. Vous êtes un vrai cordon bleu.

— Oh tu sais, je me débrouille un peu.

— Vous plaisantez ? Je ne connais pas grand monde qui cuisine aussi bien que vous.

— C'est gentil mon garçon. J'aurais bien voulu être cuistot, mais la vie en a décidé autrement.

— Ah oui ? Que s'est-il passé ?

— Ma mère est morte, il fallait payer les factures, j'avais 20 ans, deux petits frères et un père débordé. Je me suis mis à travailler à l'usine et puis j'y suis resté. Après il était trop tard pour changer de voie. Ça ne se faisait pas trop à mon époque.

— Je comprends, c'est dommage.

— On ne fait pas toujours ce qu'on veut dans la vie, dit-il en buvant une gorgée de vin. Allez mange, ça refroidit vite.

J'avale une bouchée et une explosion de saveurs envahit mon palais. Un délice.

— Hmm, c'est à se damner.

Gabriel pouffe. Je ne sais pas si c'est l'alcool ou mon compliment, mais ses joues ont viré au rouge.

— Vous n'avez jamais été marié ? demandé-je, curieux.

Gabriel et moi nous connaissons depuis plusieurs années maintenant. Au départ, je n'étais pas très bavard, je ne parlais que très peu avec les habitants du village. J'étais solitaire, à l'écart. J'ai mis des mois à m'ouvrir. Ils ont su m'amadouer, petit à petit, sans me brusquer, sans me forcer, sans être trop inquisiteurs. Leur comportement m'a plu. Mais, je me rends compte que nous n'avons jamais pris le temps de discuter de nos passés respectifs. Par pudeur, par respect, peut-être. Nous avons inconsciemment fixé cette limite. En proie aux doutes ces derniers temps, je me surprends à vouloir en savoir plus sur mon hôte, son histoire, ses blessures, ses peines, ses amours.

— Eh non, je n'ai pas saisi ma chance.

Devant mon regard interrogateur. Gabriel poursuit.

— J'ai été très amoureux. Il y a longtemps. Mais je l'ai laissée partir. J'ai été bête, j'étais jeune. Elle était trop bien pour moi, je n'ai pas réussi à lui avouer qu'elle était la femme de ma vie.

— Vous le regrettez ?

— Bien sûr. Je n'ai plus jamais rencontré quelqu'un comme elle. J'ai eu des histoires, comme tout le monde, mais je n'ai pas pu m'engager, c'était elle ou personne d'autre.

— Pourquoi ne pas l'avoir cherchée ?

— Je l'ai cherchée, je l'ai trouvée, même.

Gabriel s'interrompt pour avaler une bouchée de gratin. Je suis suspendu à ses lèvres, je veux connaître la suite.

— Elle était mariée avec deux enfants, elle était heureuse. Je ne me voyais pas briser sa famille. Et puis, elle m'avait sûrement oublié.

— C'est triste.

— Oui, quand on perd l'amour de sa vie, on a beaucoup de regrets.

Je demeure pensif. J'ai aussi perdu quelqu'un, semble-t-il. Était-ce l'amour de ma vie ? Je ne le sais pas, je ne sais plus grand-chose de cette période. Tout est flou. Le temps s'est arrêté, il y a quelques années, pour moi. Je suis comme figé dans le passé.

— Comment s'appelle-t-elle ?

— Marie Durant. Ma Marie. Une beauté blonde aux yeux verts. Elle avait ce rire si fabuleux qui m'arrachait un sourire même dans les pires moments. Je ne pouvais jamais rester fâché contre elle.

— Et elle habite loin d'ici ?

— Non, en réalité, elle vit à Nice. Elle est mariée à un médecin. Et toi, mon petit ? C'est bien beau de me triturer la mémoire, mais je ne sais pas grand-chose de toi.

— C'est vrai, mais pour tout vous dire, je ne sais pas grand-chose non plus.

— Je ne comprends pas ? s'enquiert-il, surpris.

— J'ai perdu la mémoire, il y a cinq ans, j'ai oublié une partie de ma vie.

— Un accident ?

J'hésite, je n'ai pas envie de raconter mon histoire, pas envie que son regard sur moi change.

— Un drame. Un accident et hop le trou noir. Apparemment, j'étais heureux, amoureux, en couple et j'ai tout perdu à la suite de ça.

— Quelle horreur, je suis désolé pour toi mon garçon.

— On fait avec.

— C'est pour ça que tu es venu ici, dit-il en commençant à débarrasser la table.

— Oui, j'avais besoin d'un nouveau départ, de changer d'environnement, de m'éloigner de ma vie puisque de toute manière, je ne m'en souvenais plus, répondis-je en me levant à mon tour pour l'aider.

— J'espère que tu trouveras la paix, dit-il en me fixant droit dans les yeux.

Gabriel n'est pas homme à qui on peut mentir. Il lit en moi, il sait. Il sait que ça ne va pas, il sait que je suis épuisé, il sait que je suis tourmenté, mais il n'en touche mot. Par respect, comme toujours, il se tient à distance de mon jardin secret. Il est là, il donne, il écoute, sans jamais rien demander en retour.

Chapitre 4

Allie

La matinée est terminée, nous avons bouclé le dossier Dumont, enfin ! Je vais donc pouvoir apprécier mon déjeuner sans avoir à courir partout ! Et j'ai grandement besoin d'un break.

— Tu manges à l'extérieur ?

— Oui, avec Lisa.

— Ah OK.

— Tu voulais me parler de quelque chose ?

— Non du tout, je pensais qu'on allait bosser sur le cas du nouveau client.

— Ça attendra cet après-midi.

— Je vais commencer sans toi, dans ce cas.

— Son ton n'est pas des plus agréable, un soupçon de reproche fuse dans sa voix.

— J'ai le droit de déjeuner, quand même ? On n'est pas obligés de travailler 24 h/24 h, Maxime.

— Je sais, je sais, t'inquiète. Va déjeuner tranquillement, on se voit tout à l'heure, dit-il en retournant à son bureau tandis que j'enfile ma veste.

Il a le don de me mettre les nerfs en pelote. Il n'a qu'un mot à la bouche : travail !

— Tu sors ? s'enquiert alors mon père en me voyant passer devant sa porte.

— Oui, je vais déjeuner dehors, je peux souffler quand même ! dis-je agressive.

— Uuuhhh ! Je n'ai rien dit, réplique-t-il en se levant. Tout va bien ?

— Désolée papa. Maxime avait l'air contrarié que j'ose prendre un peu de temps pour moi.

— Ne lui en veux pas, ma chérie, il travaille dur pour devenir associé.

— Je sais, mais on n'a plus vraiment de vie de couple. Il est en permanence au bureau.

— Je comprends. Vous venez toujours bruncher dimanche ?

— Oui, papa.

— Parfait, allez file, va te détendre.

— Merci, dis-je en déposant un baiser sur sa joue.

Il sourit. Malgré sa rigueur et ses exigences, je demeure sa fille. Et quoi qu'il en pense, il sait qu'il me faut respirer de temps en temps pour éviter d'imploser.

***

— Désolée je suis en retard, dis-je en embrassant mon amie Lisa.

— Pas de problème, je viens d'arriver, je savais que tu ne serais pas à l'heure, répond-elle, l'œil malicieux. J'ai commandé à boire.

Je m'esclaffe, elle me connaît plus que je ne me connais moi-même.

Lisa est une belle jeune femme de trente ans. Ses cheveux noirs et bouclés tombent en cascade sur ses épaules. Elle a de grands yeux noirs embellis par de magnifiques cils. Typée espagnole, alors qu'elle est née en Bretagne, elle a un charme fou.

— J'imagine que tu as eu du mal à t'éclipser.

— Maxime faisait la tête, comme d'hab.

— Alors, zou, oublions tout ça et partageons un bon repas, des potins, et plein de rires avant que tu ne retournes à la mine.

— Tchin, dis-je en soulevant mon verre.

— Tchin.

Nos verres s'entrechoquent et j'ouvre ma carte afin de choisir le plat qui me donnera l'énergie nécessaire à l'après-midi qui m'attend. Lisa n'est pas dupe, elle jette des coups d'œil inquisiteurs dans ma direction. Je connais déjà le menu, nous venons régulièrement déjeuner dans ce restaurant.

— Allez je t'écoute, vide ton sac, lancé-je sans la regarder.

— Je n'ai rien dit, réplique-t-elle en plongeant le nez derrière son dépliant plastifié.

— Je te connais par cœur, tu as un truc qui te brûle la langue, alors vas-y.

— Bon, OK, mais tu ne t'énerves pas, commence-t-elle.

J'acquiesce en grimaçant. Je n'ai pas envie de gâcher ce moment de tranquillité en compagnie de mon amie. J'en ai bien trop besoin.

— C'est juste que je ne te sens pas épanouie, tu comprends ? Tu es stressée, toujours à cent à l'heure et ton père comme ton mari ne font que travailler.

— Je sais, Lisa.

— Et je suis certaine que ce n'est pas la vie dont tu rêvais.

— C'est sûr, confirmé-je. Mais c'est pourtant ma vie.

— Parce que tu le veux bien, ma chérie. Tu pourrais tout envoyer valser.

— Arrête, ce n'est pas si simple. Maxime est un homme bien.

— Je n'en doute pas, et je l'apprécie. Mais il n'est peut-être pas l'homme qu'il te faut.

J'avale une gorgée de vin. Ma gorge est sèche et mes mains tremblent.

— Allie, pardonne-moi, je veux juste ton bien.

Elle pose sa main sur la mienne.

— Je sais que tu veux mon bien, confirmé-je. Mais tu sais aussi que j'étais à ramasser à la petite cuillère quand j'ai rencontré Maxime. Il m'a aidée, il m'a sortie de ma souffrance. Et même s'il n'est pas l'homme dont je rêvais, il est gentil, galant, ambitieux, honnête. Je ne peux rien lui reprocher si ce n'est qu'il travaille trop. Mais comment l'en blâmer ? Mon père est comme lui, je savais à quoi m'attendre en l'épousant.

— C'est vrai. Mais est-ce que tu as ces petits papillons dans le ventre ? Ceux qui te chamboulent quand tu vois celui que tu aimes ?

— Tu les as toi avec Samuel ?

— Oui, il est drôle, il me surprend, il sait me faire vibrer même après toutes ces années.

— Tu es une chanceuse, ironisé-je.

— Allie...

— Pardon, je ne voulais pas être désagréable.

La serveuse nous interrompt afin de prendre notre commande. Lorsqu'elle retourne vers les cuisines, Lisa grignote un morceau de pain en attendant la suite, en attendant que je lui ouvre la cage dans laquelle sont enfermées mes pensées.

— J'ai déjà aimé, tu te rappelles ? Passionnément, intensément, à la folie, sans demi-mesure et je me suis brûlée les ailes, j'ai tout perdu. Je ne veux pas revivre ce genre de souffrance. Avec Maxime, c'est plus simple. Pas de risque d'être blessée, pas de danger, juste de la tranquillité.

— Un peu trop, non ?

— Parfois. Mais je suis sûre qu'on parviendra à se retrouver. Il le faut bien.

— Tu l'aimes ?

— Oui, même si ce n'est pas le Grand Amour.

— Et ça te suffit ? m'interroge-t-elle tandis que la serveuse nous apporte déjà nos plats.

— Oui, soufflé-je en attrapant ma fourchette.

— Très bien. Mais sache que le jour où tu auras envie de tout envoyer bouler, je serai là ! Et je te soutiendrai.

— Ça n'arrivera pas...

— OK, OK, mais bon je serai là.

Je souris, elle n'en démordra pas. Elle est persuadée qu'un jour, j'en aurai marre et je quitterai tout. Pour quoi faire ? Je n'en sais rien. J'ai déjà tout plaqué une fois et le résultat n'est pas des plus fameux. Aujourd'hui, je joue la sécurité. À tort ? Peut-être, mais cela me convient. Je suis sereine, même si Maxime ne me prête pas les attentions que j'attends de lui. Je suis certaine que je parviendrai à le raccrocher à notre histoire. Il le faut...

Le repas terminé, nous regagnons la rue. Abritées dans l'entrée du restaurant, serrées l'une contre l'autre. Lisa agrippe mon bras.

Nous n'avons pas besoin de mots. Elle est mon amie depuis de nombreuses années. Elle a traversé avec moi les pires épreuves. Sa présence me réconforte.

— Je te raccompagne au bureau ?

— Non, c'est bon, je vais marcher.

— Avec ce déluge ?

Une grosse averse s'abat sur la ville. Je n'ai évidemment pas de parapluie. Dans le sud, il fait rarement partie du nécessaire présent dans notre sac à main. Et pourtant, il m'aurait été bien utile.

— Oui, ne t'en fais pas, j'ai mon parapluie, mens-je.

— OK, on s'appelle.

— Oui.

Elle m'embrasse et court à sa voiture, garée quelques mètres plus loin. Lorsque je vois son véhicule tourner au coin de la rue, je me décide à affronter la pluie. Tant pis, je serai trempée, mais j'ai toujours une tenue de rechange au bureau. J'ai pris l'habitude des rendez-vous inopinés, des dîners organisés au dernier moment, ou de la nécessité de se changer après avoir taché son beau chemisier blanc, avec du café.

Je marche d'un pas rapide en direction du cabinet. Jusqu'à ce que je le voie. Ce fameux porche, cette entrée d'immeuble. Comment l'oublier ?

Je m'arrête net. Tétanisée, immobile, au milieu du trottoir, fixant cette grande porte noire.

Douze ans plus tôt, je me tenais au même endroit. J'avais 19 ans, étudiante en droit, je venais rendre visite à mon père, toujours séquestré par ses dossiers. C'était l'été, il faisait lourd. Une de ses journées estivales au cours de laquelle chaque pas est éreintant, l'air irrespirable et étouffant. Après avoir marché une bonne vingtaine de minutes, le temps a viré à l'orage, le déluge a pris possession de la rue. Je me suis retrouvée en plein milieu de la ville, trempée jusqu'aux os. Voyant que la pluie perdurait, j'ai alors couru pour m'abriter dans l'entrée d'un immeuble. Cette même entrée devant laquelle je me trouve aujourd'hui. Un homme a surgi, trempé, lui aussi, des pieds à la tête. Nous étions côte à côte, dos à la grande porte noire. Attendant patiemment que l'orage se calme. Au bout de quelques secondes de gêne, à nous lancer des regards timides, nous avons fini par éclater de rire en essorant nos vêtements et en secouant nos cheveux. La glace était rompue. Nous avons discuté pendant près d'une heure. La pluie a cessé, mais nous avons continué notre conversation, sans nous soucier de la rue qui s'animait à nouveau. Nous avons été interrompus par une vieille dame qui voulait sortir de l'immeuble. Mais il était hors de question de nous séparer ainsi, alors nous sommes allés dans un café afin de poursuivre notre discussion. En fin de journée, chacun devait vaquer à ses occupations, la vie devait reprendre son cours. Notre bulle devait laisser place à la réalité. Nous n'en avions pas envie, mais nous n'avions pas le choix. Adam avait marqué mon esprit, avait envahi mon être en quelques heures. Mais ce n'était que le début de notre histoire.

En repensant à cet épisode de mon passé, un sourire se dessine sur mes lèvres. L'eau dégouline sur mon visage, mais je m'en moque. Ce souvenir heureux, ces papillons dans le ventre, me donnent du baume au cœur.

Mais la seconde suivante, le drame me revient en mémoire. Il efface mon sourire et étouffe les petits papillons qui disparaissent aussitôt. Je dois m'interrompre et reprendre ma route, sans un regard pour la porte noire.

Chapitre 5

Adam

— Eh ben ! Dix minutes que je tambourine à ta porte. Tu ne m'as pas entendu ?

— Non, désolé, je m'étais endormi. On devait se voir ?

— Tu as oublié ? s'enquiert Yann, inquiet.

— Je ne suis pas très en forme en ce moment.

— C'est ce que je constate ! Je t'ai ramené les planches que tu m'as demandées. Tu m'aides à les décharger ?

— J'arrive.

J'enfile ma veste et le rejoins sur le parking. Sa camionnette est remplie de planches en bois, mais aussi d'outils en tous genres. Bien plus que ce que j'espérais.

— Tu as vidé ton atelier ? ironisé-je.

— Je me suis dit que tu aurais besoin de tout ça.

— Merci, Yann.

Quelques dizaines de minutes plus tard, le matériel est empilé à l'abri, dans le garage. Nous nous installons sur la terrasse afin de savourer un café au soleil. Les températures hivernales sont douces, il fait bon vivre.

— Alors tu me racontes ?

— Te raconter quoi ?

— Pourquoi tu n'es plus que l'ombre de toi-même.

— Tu as remarqué...

— Évidemment. On se connaît depuis que tu es gamin, explique-moi ce qui ne va pas.

— Je fais... des cauchemars.

— Des cauchemars ?

— Oui, mais je ne suis pas certain que ce ne soit qu'une histoire de mauvais rêves. Je crois plutôt que ce sont des souvenirs, mon inconscient qui me travaille.

— Ça ne t'était jamais arrivé ?

— Non, pas vraiment. J'ai parfois des flashs. Il m'est arrivé d'avoir une réminiscence de souvenirs, mais rien de significatif.

— Et ça dure depuis longtemps ?

— Quelques semaines. Ça devient difficile, car je ne dors quasiment plus. Je suis épuisé et j'en viens à avoir peur de m'endormir.

— Tu devrais peut-être te faire aider.

— Me faire aider ? demandé-je surpris.

— Oui, par un professionnel. Tu ne peux pas continuer comme ça.

Sur ce point, il n'a pas tort.

— Je ne sais pas... Et si je ne souhaitais pas savoir ? J'ai commis l'irréparable. Qui de sensé voudrait se rappeler un événement pareil ?

— Peut-être qu'il est temps pour toi d'affronter la vérité. Ton esprit t'invite à découvrir ce qu'il s'est passé. Tu dois l'écouter, sans quoi tu n'iras pas mieux.

Je médite ces paroles. Yann vise juste, mais je n'ai pas envie de n'avoir qu'une seule option. Celle de me regarder dans le miroir en me rappelant quel monstre j'ai été. Je préfère faire l'autruche et vivre dans le déni le plus total. Ça marchait bien jusqu'à présent...

— Je connais un bon thérapeute. Je te donne son numéro, dit-il en tapotant sur son téléphone.

— Comment se fait-il que tu connaisses un psy ? demandé-je en lui resservant une tasse de café.

— Je suis allé le consulter, il y a quelque temps.

— Ah oui ?

Je ne souhaite pas paraître trop curieux.

— Tu sais, il n'y a pas de honte à se faire aider. Les professionnels sont là pour ça. Quand le corps est malade, nous allons voir notre généraliste ou même un spécialiste. Eh bien, là, c'est pareil, ce sont juste des professionnels de l'esprit.

Mon téléphone vibre, signe que j'ai bien reçu son message. Je regarde rapidement.

— Docteur Hugo, marmonné-je.

— Oui, c'est quelqu'un de qualifié.

En voyant mon visage, il ne peut s'empêcher d'ajouter :

— Il y a quelques années, j'ai dû intervenir pour aider une famille dont la voiture était tombée à l'eau. Un couple et leurs deux enfants. Le véhicule coulait et ils ne parvenaient pas à s'en extraire. Je n'ai pas réussi à les sauver. Je n'étais pas seul, bien sûr, mais nous n'avons rien pu faire, nous sommes arrivés trop tard. Le vent soufflait, l'eau était déchaînée. Je revois leurs visages, j'entends leurs cris. Ces souvenirs m'ont hanté durant de longs mois. Encore aujourd'hui, parfois. C'est le genre d'événement qui marque à jamais. Le docteur Hugo m'a aidé à affronter, à accepter, et à avancer.

Il a raconté cette histoire, le regard perdu dans le vide. Un voile sombre a traversé ses yeux. Je le sens affecté par ce drame.

— Je suis désolé pour toi.

— Depuis, je me suis exilé à la montagne. Une manière de prendre un nouveau départ, un peu comme toi.

Je souris. Effectivement, la montagne est devenue notre refuge. De mon côté, mon déménagement n'a pas été trop important, car Coaraze n'est pas très éloigné de Blausasc[3], juste assez pour tout recommencer à zéro. Et puis, il était hors de question pour moi de changer de caserne. Alors ce village paraissait être un bon compromis.

— J'ai peur de ce que je vais découvrir.

— Je sais, dit-il en se levant pour poser sa main sur mon épaule. Mais tu dois comprendre ce qu'il s'est passé. Tu dois accepter et avancer. Tu as déjà payé pour ce drame. Tu as été suffisamment puni. Il faut que tu ailles au bout de ces souvenirs.

— Je vais y réfléchir, concédé-je.

— Je rentre. Appelle-moi si besoin.

— Merci.

— Pas de souci, dit-il en regagnant les escaliers.

Yann parti, je médite ses paroles. Comment pourrait-il en être autrement ? Il a toujours été un mentor pour moi. Qu'importe mes

---

[3] **Blausasc** est une commune française située dans la région PACA. Ses habitants sont appelés les Blausascois. 1448 habitants en 2015.

choix, mes décisions, j'ai toujours pris ses conseils en considération avant de me lancer. Et je dois absolument m'extraire de ce cercle vicieux dans lequel je suis embourbé depuis plusieurs semaines, voire plusieurs mois maintenant. Les cauchemars ne sont plus gérables, je dois l'avouer. Je ne peux plus les ignorer...

Après avoir terminé mon café, je m'aventure enfin dans les travaux de l'appartement. J'ai envie de donner un petit coup de neuf à cette habitation qui n'a pas vu un marteau depuis de nombreuses années. Un nouveau but, un nouveau loisir, de quoi occuper mes pensées. J'ai décidé de fabriquer une table basse en bois pour décorer mon salon qui ne comporte que le strict nécessaire. Le désert mobilier à l'état pur. Je n'ai pas vraiment besoin de plus, mais il faut avouer qu'une table ne serait pas de trop. Il m'arrive de manger devant un film avec l'assiette sur mes genoux. J'ai maintes fois renversé mon verre ou le contenu de mon repas sur le sol ou les coussins de mon divan. De quoi perdre dix minutes à tenter de tout nettoyer. Et il faut dire que je ne suis pas très doué pour cela, j'ai une forte tendance à étaler les taches et les rendre irréversibles ! Il est temps d'améliorer ce quotidien si lapidaire.

Après avoir passé plus de deux heures à travailler le bois, je me rends compte que le soleil s'est couché. La nuit approche à grands pas. Je remonte à l'étage et prends une douche avant d'enfiler un jean et un pull. Dans le vestibule, je saisis mon blouson et quitte la maison, bien décidé à me régaler, je n'ai aucune envie de cuisiner. La maison donne sur la grande place de Coaraze sur laquelle se côtoient une épicerie, une boulangerie et un restaurant. L'idéal pour un célibataire comme moi. Plus haut, à quelques mètres, se trouvent la mairie et la poste. Le nécessaire est donc à portée de main. Après quelques pas, je tombe nez à nez avec Mathilde, une jeune femme de 25 ans. Des cheveux blonds comme les blés qui se faufilent jusqu'à ses reins. Une cambrure à faire pâlir les contorsionnistes, des fesses rebondies et fermes, un sourire enjôleur et des yeux qui pétillent lorsqu'elle s'adresse à vous. Elle est belle, drôle, pleine de vie et depuis quelques mois, nous nous fréquentons de manière régulière. Nous ne sommes pas vraiment ensemble, on passe juste du bon temps. Je ne veux pas d'attache et elle ne souhaite pas encore se caser. Un bon compromis pour ne pas demeurer seul tous les soirs. Mathilde est étudiante à Nice, elle fait des extra au restaurant en face de chez moi. Point d'emploi du temps entre nous ou de projets. On se voit quand on en a envie, aucune obligation, pas de stress ou de pression. Je l'apprécie vraiment. Au-delà du sexe qui est assez torride, il faut l'avouer, j'aime discuter avec elle. Cette jeune femme est cultivée et intéressante. Elle fait tourner toutes les têtes et chacun y va de son argument pour tenter de la mettre dans son lit. Mais, elle a jeté son dévolu sur le pompier du coin de la rue. Moi.

— Ça va beau blond ?

— Oui et toi ?

— Ça va. Je suis en repos aujourd'hui. Tu es blessé ? demande-t-elle en voyant les coupures sur mes mains.

— Rien de bien méchant, j'ai bricolé cet après-midi.

— Et tu ne m'as pas appelée ? C'est sexy un homme qui sait se servir de ses mains.

Je souris, elle n'y va jamais par quatre chemins, elle sait ce qu'elle veut.

— On va dîner ?

— D'accord.

***

Après le repas, je lui propose un dernier verre au bar de la place.

— Je préfère le boire chez toi, ce dernier verre, chuchote-t-elle à mon oreille.

Elle a passé la soirée à faire glisser ses doigts le long de son décolleté, à croiser et décroiser ses jambes. J'ai eu chaud, très chaud. Je ne peux pas lui résister.

Je saisis sa main et l'entraîne vers la maison. Les quelques pas qui nous séparent de la porte ne font qu'augmenter notre désir. J'ai à peine le temps de pénétrer le hall de l'appartement qu'elle me plaque contre le mur pour m'embrasser en collant son corps bouillant contre le mien. Nous laissons tomber nos blousons sur le sol et nos langues se mêlent enfin. Le monde peut bien s'écrouler, je n'ai qu'une idée en tête, pouvoir poser mes mains sur chaque zone de son anatomie. Nous nous dirigeons vers le salon. Il est rare que nous parvenions à la chambre, mais cela arrive. Nous avons baptisé chaque pièce de la maison et pas qu'une fois. Seule la terrasse demeure vierge de nos ébats. Elle me pousse sur le canapé et s'avance vers moi. Elle fait lentement glisser la fermeture de sa robe le long de ses côtes, de sa taille et enfin de ses hanches. Puis, elle la laisse négligemment tomber sur le sol. Elle se tient devant moi, le regard pétillant. Je comprends pourquoi en apercevant ses porte-

47

jarretelles noirs. Elle est sacrément sexy. Je la soupçonne d'avoir préparé son coup pour me croiser « par hasard » sur la place. Qu'importe, j'apprécie son audace. Elle grimpe sur moi et pose ses lèvres sur les miennes, avec plus de douceur, moins d'urgence. Elle mène la danse, elle fait durer le plaisir. Je suis à sa merci. Mes mains se baladent sur ses épaules, puis sur son dos et enfin sur ses fesses. Je peux sentir son parfum, il est doux et enivrant. Je repousse ses cheveux afin de dévoiler sa nuque. Je laisse glisser ma langue sur sa peau jusqu'à atteindre ses seins. Dégrafant son soutien-gorge, je me mets à mordiller ses tétons rosés. Sa poitrine est ferme et généreuse. Elle glousse, je sais que ce geste la chatouille plus qu'il ne l'émoustille. Nous avons développé une certaine complicité, depuis le temps.

Elle déboutonne mon pantalon et le fait tomber avec mon boxer sur mes chevilles. Je retire mon tee-shirt. Sa bouche effleure mon corps, des frissons m'envahissent. Je bouillonne intérieurement. Je la saisis un peu plus fermement par les hanches, je ne peux plus attendre. Elle pose ses mains sur mon torse et prend le relais. Se cambrant, se mouvant au gré de ses envies pour augmenter le désir. Elle sait y faire. Nos matinées, après-midi, soirées ou nuits de sexe sont toujours enflammées et torrides. Elle alterne la lenteur et la rapidité. J'en profite pour faire glisser ma bouche sur ses seins si appétissants. Elle gémit. Ça m'excite encore plus. Je l'attrape par la taille et la retourne sur le canapé afin de me retrouver sur elle. C'est à moi de prendre les choses en main. Elle est sous moi, se laissant guider. Je peux plonger mes yeux dans les siens, capter ses moments de plaisir, ses moments d'excitation. J'aime la sentir trembler sous moi lorsqu'elle atteint l'extase. Alors qu'elle gémit un peu plus fort, je la rejoins pour conclure dans un feu d'artifice de sensations. Nos corps sont en sueur. Encore tendus et électrisés par l'instant. Je m'allonge sur le côté, à moitié sur elle et fourre mon nez dans ses cheveux. Elle caresse mon torse, en prenant tout son temps pour détailler chaque muscle. Elle peut être douce et attentionnée, tout autant qu'elle est sauvage et torride. Un mélange détonnant.

Nous restons ainsi un moment, puis elle attrape ses affaires avant de rentrer chez elle. Il est rare qu'elle dorme chez moi. Cela ne fait pas partie de nos envies. Chacun chez soi, juste du plaisir. Après une douche bien méritée, je m'écroule sur mon lit, épuisé par cette journée riche en émotions.

Chapitre 6

Adam

Le lendemain matin, je me réveille étonnamment baigné dans une vague de bonheur. Je mets quelques secondes à émerger de mon sommeil. Mes idées s'entremêlent, j'ai du mal à me rappeler où je me trouve et quel jour de la semaine nous sommes. Après avoir observé la pièce autour de moi, ma commode et les poutres en bois brut, mes habits posés sur le fauteuil près de la fenêtre, les murs blancs, je redescends sur terre et touche du doigt la réalité. Je me lève, courbaturé. Il me semble que j'ai couru un marathon durant la nuit. Pour une fois, je n'ai pas fait de cauchemar. Je m'asperge le visage d'eau et me rends dans la cuisine pour mon café matinal. Adossé au plan de travail, je tente de me rappeler mon rêve. Les idées s'éclaircissent au fil des secondes. Avec douceur, les images se démêlent. Je prends mon temps, je savoure. Je suis apaisé, serein.

J'étais à la foire, je devais avoir dans les 20 ans. J'entendais son rire, son magnifique rire qui transperçait le silence. Cette joie de vivre, ses yeux marron qui brillaient à la lumière des attractions. Ses cheveux qui flottaient au vent. Bruns, longs, ondulés. Elle sautillait dans tous les sens. Sa main a agrippé la mienne. Elle a ri, encore et encore.

Et puis, ce baiser sur la plage, ce premier baiser, il était tendre et puissant. Une explosion de sentiments m'a envahi. Aujourd'hui encore dans ma cuisine, je les perçois. Ses battements sont si intenses que mon cœur semble vouloir s'extirper de ma poitrine. Elle s'est alors déshabillée et a plongé dans la mer, en sous-vêtements, me hélant pour que je la rejoigne à mon tour. Je l'ai fait. En boxer, je me suis collé à elle et nous avons ri, nagé et discuté. Nous nous sommes éclaboussés, embrassés. Juste elle et moi. Dans la nuit noire, dans l'eau fraîche. Blottis l'un contre l'autre, bercés par les petites vagues qui venaient s'écraser sur le sable. Nous avons terminé, allongés sur la plage, avec nos vêtements mouillés sur le dos, occupés à refaire le monde tout en observant les constellations. Elle m'a expliqué que nous avons tous une bonne étoile, chacun la sienne, qui veille sur nous et nous protège des malheurs de la vie. Elle était optimiste, rêveuse, un brin rebelle, passionnée. Je m'en souviens. Elle était vivante, vibrante. Je l'aimais. Je l'aime.

Allie...

Autant, je doutais ces dernières semaines, autant, ce rêve, qui n'est autre qu'un souvenir j'en suis certain, remet tout en cause. Mon envie de nier le passé, mon besoin de faire l'autruche, tout cela ne fonctionne plus et je dois avouer que je ne suis pas si heureux que je voudrais bien le faire croire ! Il ne me reste qu'une seule solution, je dois découvrir la vérité, comprendre ce drame, comprendre comment tout a basculé dans l'horreur. Ma décision est prise, je n'ai rien à perdre, après tout, je suis déjà au plus bas.

***

— Bonjour, installez-vous Adam. Vous permettez que je vous appelle par votre prénom ?

— Bien sûr.

— Alors, vous travaillez avec Yann ?

— Oui, c'est mon chef. Je le connais depuis que je suis enfant.

— Oh ! Eh bien, ça ne le rajeunit pas et moi non plus, répond-il en souriant.

Le docteur Hugo et Yann ont sensiblement le même âge. Des cheveux grisonnants, le visage marqué par les années, un sourire franc, le regard bienveillant.

— Alors, continue-t-il, qu'est-ce qui vous amène ?

— C'est un peu compliqué.

— Nous avons tout notre temps, nous n'allons pas tout démêler aujourd'hui, de toute manière. Il est simplement question de faire connaissance et de vous mettre en confiance. Le but n'est pas de vous forcer à quoi que ce soit, mais bien de vous aider.

Il sait trouver les mots. Quelques phrases, quelques secondes et il me rassure déjà.

— Je fais des cauchemars, quasiment toutes les nuits. Ils m'épuisent, je ne dors plus et ça me préoccupe.

— Une raison à ces cauchemars, d'après vous ?

— Je pense que ce sont des souvenirs enfouis.

— Des souvenirs ? Pourquoi donc ?

— J'ai perdu la mémoire, j'ai oublié huit ans de ma vie à cause d'un drame. Mon cerveau a tout effacé. Je parvenais à vivre avec, même si j'ai dû tout reprendre à zéro. Mais depuis quelques semaines, ces cauchemars m'assaillent et j'ai besoin de comprendre ce qu'il s'est passé.

— Est-ce qu'on vous a raconté ce drame ?

— Oui.

— Et ça n'a rien provoqué en vous ?

— Rien du tout. Le médecin a parlé d'amnésie dissociative. Selon lui, mon cerveau a eu un mécanisme de défense et a bloqué mes souvenirs, tout ce qui me ramenait à l'accident.

— C'est tout à fait cela, le cerveau élude l'événement traumatisant et ce qui s'y rapporte. C'est une amnésie rétrograde. Mais ce blocage est temporaire et les souvenirs peuvent être récupérés.

— Vous croyez ?

— Oui, j'ai vu des cas similaires au cours de ma carrière. Bien sûr, avec le cerveau rien n'est sûr à 100 %. Son fonctionnement est complexe et la mémoire l'est tout autant. On continue de découvrir des choses, encore aujourd'hui.

— Je comprends bien, docteur, mais j'ai besoin de savoir et je souhaite que ces cauchemars cessent.

— Ne vous inquiétez pas, nous allons faire notre possible pour trouver des solutions. Est-ce qu'il vous arrive d'avoir des flashs ?

— Oui, ça m'arrive. Ce peut être à cause d'un objet, d'un lieu, d'un événement ou d'un nom. Parfois, une sorte d'impression de déjà-vu aussi. Il m'arrive de me demander si c'est un souvenir ou une création de mon imagination.

— Ce peut être déroutant, en effet. Mais en général, les patients parviennent à distinguer le vrai du faux. Les souvenirs réels sont plus forts, plus intenses, vous allez ressentir des émotions, des sensations qui ne peuvent provenir que de votre vécu.

— Justement...

— Oui ? Je vous écoute.

— Cette nuit, j'ai fait un rêve, mais je suis à peu près certain que c'était un souvenir.

— Vous voulez bien me le raconter ?

Je m'installe confortablement dans le fauteuil afin de me plonger dans mes pensées. Je dois être précis. Je lui explique mon rêve tandis qu'il m'écoute attentivement, tout en prenant des notes.

— Très bien, c'est une bonne chose. Il semblerait donc que vous rêviez de cette femme que vous avez profondément aimée.

— Oui.

— Vous souvenez-vous d'elle, en dehors de ce rêve ?

— De temps en temps, il m'arrive d'avoir un flash, d'entendre son rire, de sentir son parfum, mais je ne me rappelle pas d'éléments concrets.

— L'avez-vous rencontrée depuis votre perte de mémoire ?

— Oui, mais à ce moment-là, je n'avais aucun souvenir d'elle. Aujourd'hui, elle refait surface et si ce que j'ai ressenti dans ce rêve est réel, j'ai besoin de comprendre.

Nous continuons d'échanger ainsi pendant un bon moment, sans que je ne m'en rende compte. J'ai plutôt l'impression de discuter avec un vieil ami.

Le rendez-vous terminé, il me semble qu'un poids a quitté mes épaules. Quelqu'un va enfin m'aider. On m'a conseillé d'entreprendre une thérapie, quelques années auparavant, suite au drame, mais je ne voulais pas savoir, j'ai consciemment refusé de recouvrer la mémoire. Je m'interdisais de me rappeler ce dont on m'accusait. Je me suis protégé à ma manière. Mais aujourd'hui, tout est différent et le docteur Hugo m'a inspiré confiance. Je me sens plus léger même si le chemin est long, même si l'issue demeure incertaine. J'ai foi en l'avenir.

Chapitre 7

Allie

Je sors de la douche, perdue dans mes pensées. La discussion avec Lisa m'a perturbée. Je l'ai ressassée encore et encore. Ses mots résonnent dans mon esprit. Pourtant, je dois bien me faire une raison. L'amour fou n'existera jamais entre Maxime et moi. Il en a toujours été ainsi. Est-ce suffisant ce que nous vivons ? Est-ce mal de se contenter de ce que nous avons sans vouloir plus ?

Je passe ma main sur le miroir pour apercevoir mon reflet. La buée a envahi la pièce. J'ai quelques vilains cernes, vestiges de mes nuits d'insomnies. Je souffle, dépitée, l'anticernes est devenu mon meilleur ami !

— On part dans vingt minutes ! crie Maxime en bas des escaliers.

Je ne réponds pas. Il m'a joué l'horloge parlante, dix minutes plus tôt. Mes cheveux dégoulinent sur mes épaules, je les essore un peu plus avant de me rendre dans la chambre, une serviette nouée autour du buste. J'aime cette pièce, même si elle est plutôt sobre. L'ameublement est élégant, la décoration est épurée. Je ne sais expliquer pourquoi c'est mon endroit favori dans cette grande villa, c'est ainsi. Une ambiance, une atmosphère. Assise sur le lit, j'observe le mur en face de moi, devant lequel trône une magnifique commode en bois. Elle n'est pas comme les autres, elle est particulière. C'est l'un des seuls meubles que j'ai conservé de mon ancienne vie. Celle d'avant, celle où le bonheur était omniprésent et l'amour palpable. Je me noie à nouveau dans mes souvenirs. Adam adorait fabriquer des meubles. Il était très habile et avait à cœur de nous créer un cocon unique. Du mobilier façonné par ses soins, parfois durant des semaines avant qu'il ne soit parfait à ses yeux. Tout était singulier et original. Cette commode en fait partie. Un petit bijou confectionné par ses mains au doigté incomparable. Il avait les idées, la technique et la passion. Il avait récupéré une vieille commode défraîchie qu'il avait démontée avant de la modifier, de la poncer et de la peindre. Couleur gris galet avec des reflets bleutés. Puis, grâce à un ami qui tenait une cave à vins, il avait pu obtenir des caisses beige clair en bois sur lesquelles étaient inscrits les noms des vins. Il les avait vernies et avait ajouté deux trous pour passer de petites cordes qui faisaient office de poignées. J'ai craqué sur cette commode dès que je l'ai vue et je n'ai pu m'en séparer lorsque j'ai emménagé ici. Elle m'a suivie. Elle contient mes secrets, mes souvenirs, mon passé. Mon bonheur y est enfermé, à l'abri, protégé du présent et de l'avenir. C'est plus qu'un meuble, c'est mon jardin secret, ma mémoire. Elle me rappelle Adam, notre vie, notre amour. Je l'ai tant aimé. Encore aujourd'hui, mes sentiments sont enfouis, mais réels, je le sais, j'en ai conscience. Jamais je n'aimerai Maxime comme j'ai aimé Adam. Mais je ne peux l'admettre, je ne peux l'accepter. Nous avons été séparés et jamais je ne pourrai lui pardonner ses actes. Le temps ne parviendra pas à effacer ses méfaits. Je ne peux que vivre avec mes souvenirs et mes regrets, noyée dans l'incompréhension. Les « pourquoi », « je ne comprends pas » font partie de mon quotidien. Seules les réponses sont absentes de ma vie.

— Tu es prête ? s'enquiert Maxime en faisant irruption dans la chambre.

— Tu m'as dit dans vingt minutes.

Je réponds tout en me levant pour attraper mes habits.

— C'était il y a un quart d'heure, chérie.

— Déjà ? Je n'ai pas vu le temps passer.

— Tout va bien ?

— Oui, oui, je rêvassais, rien de bien grave.

— OK, presse-toi un peu, s'il te plaît, tu sais que je déteste être en retard.

— Je sais, Maxime.

Je dois accélérer le rythme afin d'éviter de le froisser. Il ne me criera jamais dessus, il ne me fera pas de reproche, mais son silence réprobateur en dira long sur son humeur de la soirée.

Dix minutes plus tard, nous sommes en voiture. J'ai revêtu une jolie robe rouge et noire, avec un décolleté arrondi qui dénude légèrement mes épaules. La nuit étant fraîche, j'ai enfilé une grosse veste fourrée afin de me protéger du froid. Maxime a la manie de consulter ses mails, même au volant. Ce comportement m'exaspère. Notamment en raison de son incapacité à décrocher, et puis, il faut le dire, je ne suis pas rassurée. Mais je me tais, m'enfonçant dans mon siège tout en m'agrippant à la poignée de la portière. Nous arrivons rapidement, mes parents habitant à proximité de notre domicile.

— Bonsoir, ma chérie, dit ma mère en m'embrassant. Entrez, entrez, il fait froid, ce soir.

Nous pénétrons à l'intérieur. Je dépose une bise sur la joue de mon père qui me gratifie d'un petit sourire préoccupé. La même expression que Maxime affiche en permanence. Mes parents possèdent une magnifique villa achetée après le drame, à Menton, avec vue sur la mer. Le hall d'entrée est grand et lumineux. Un immense lustre trône au plafond. Mon père adore étaler sa réussite. Quant à ma mère, elle a grandi dans un milieu modeste. Elle est heureuse de pouvoir aller chez le coiffeur, se rendre au Club, participer à son groupe de lecture ou organiser des banquets pour des œuvres de bienfaisance. Elle s'occupe du mieux qu'elle peut depuis qu'elle a arrêté de travailler et cette situation semble lui convenir à merveille.

Nous déposons nos vestes dans l'entrée et rejoignons mes parents qui se sont déjà faufilés dans la pièce voisine. La salle à manger possède une grande table pouvant accueillir quatorze personnes.

— Installez-vous, lance ma mère. Je vous ai préparé des gnocchis en daube. J'espère que vous avez faim.

Maman a beau se délecter de son quotidien de femme aisée, elle a toujours tenu à cuisiner elle-même. Elle a embauché une femme de ménage pour s'occuper de la villa, un jardinier, un décorateur, mais la cuisine est son domaine. Elle nous gratifie de plats-maison, souvent traditionnels. Pas de chichi, juste de l'authentique. Cela tranche totalement avec le reste de leur style de vie.

— Éléanore, c'est délicieux, lance Maxime en avalant une nouvelle bouchée.

— C'est vrai, maman, tu as dû passer un temps fou en cuisine.

— Oh oui, tout l'après-midi, mais j'adore ça, tu sais bien.

— Tu as toujours été un cordon bleu, ajoute mon père en se servant un verre de rouge.

— Je n'avais jamais remarqué cette photographie, dit alors Maxime en montrant un cadre accroché au mur.

— Je l'ai retrouvée dans le grenier cet après-midi, je trouve qu'elle va très bien avec notre nouvelle décoration.

— On se demande pourquoi tu as changé la décoration, maman. Elle était très jolie.

— J'en avais marre, un peu de neuf ne fait pas de mal.

Maxime reste figé sur le cliché.

— C'est un artiste connu ? demande-t-il.

— En fait, c'est Allie qui a pris cette photo.

Il se tourne vers moi, stupéfait.

— C'est vrai ?

— Oui, c'est bien moi. C'était il y a longtemps.

— Je ne savais pas que tu étais si douée.

— Merci, dis-je, gênée.

La photographie fait partie de mon autre vie, celle qui a précédé le drame. C'était une passion, elle m'apportait l'équilibre dont j'avais besoin, me permettant de m'isoler dans ma bulle artistique, sans me soucier du monde alentour, mais tout s'est arrêté depuis des années.

— Pourquoi ne t'adonnes-tu plus à la photo ? continue Maxime, toujours intrigué.

— J'ai changé de vie, changé de cap. La photo était superflue.

Il acquiesce, distrait. Il est hypnotisé par mon cliché. Il représente une femme qui est en train de tendre la main pour relever un enfant, tombé au sol. Dans le fond, se trouve un jardin avec un manège vide. Et sur la gauche un bout de mer. Des nuages inondent le ciel, provoquant une atmosphère sombre et inquiétante. Mais la femme, aidant cet enfant, apporte cette touche d'espoir, de bonté, de bienveillance dont chaque être humain doit être doté. La photographie est en noir et blanc, mon style de prédilection. J'adore cet effet, sobre, authentique, pur.

— Allie a déjà fait l'erreur de tout plaquer pour devenir photographe professionnelle, lance alors mon père, pourtant silencieux depuis plusieurs minutes. Mais heureusement, elle est revenue à la raison.

— Papa...

— Quoi ? C'est vrai. La photo n'est qu'un passe-temps, pas un métier. Le droit, c'est une valeur sûre.

Maxime acquiesce une fois de plus. Autant ne pas les contredire, je suis en infériorité. C'était sans compter sur ma mère.

— Ton père a raison, tu as toujours été douée, ma chérie. Mais c'est une passion, rien de plus, tu n'aurais pas pu en vivre.

— Je pense qu'on a déjà eu cette conversation, tenté-je pour temporiser la discussion. J'ai abandonné la photo, tout le monde est content.

Je joue avec un bout de pain, tout en priant pour que l'on change de sujet. Cette discussion m'a coupé l'appétit. Pourtant, je la connais par cœur. Nous l'avons eue des dizaines de fois. Le seul qui a toujours cru en moi, c'est Adam. Après quatre ans de droit, j'ai tout plaqué pour me lancer comme photographe indépendante. Cela a eu pour effet de mettre mon père hors de lui. Mes parents étaient complètement contre cette idée, se bornant à me répéter que je devais continuer mon droit et devenir avocate comme cela était prévu depuis mon adolescence. Adam et moi nous sommes disputés à ce sujet à maintes reprises. Je me suis retrouvée entre les deux, au milieu d'un conflit qui habitait les personnes les plus importantes pour moi. Adam m'invitait à les envoyer balader, mais je comprenais aussi leurs inquiétudes, car ils souhaitaient que je réussisse et vive à l'abri du besoin. Quelque part, mon père a lié sa passion et son métier. Mais de mon côté, mon travail d'avocate est un travail alimentaire, histoire de contenter ma famille. Je leur dois bien cela.

Lorsque je me suis retrouvée la tête sous l'eau, anéantie, perdue, ils ont été là. Des soutiens indéfectibles, présents, aimants, à l'écoute. Ils m'ont aidée, nourrie, hébergée, jusqu'à ce que j'arrive enfin à reprendre ma vie en main. Alors aujourd'hui, je réalise leur rêve de me voir suivre les traces de mon père. Mais je n'ai jamais oublié la photo, cette passion, cette vibration. Et quand je regarde ce cliché accroché au mur, je n'ai qu'une envie : déballer tous mes cartons contenant mes photographies, les observer, les afficher, et surtout recommencer à mitrailler mon environnement pour saisir l'instant parfait.

Chapitre 8

Charles

Mon bureau est la pièce qui m'est entièrement réservée. Éléanore peut bien s'affairer dans toutes les chambres, le salon, la cuisine ou autre, ici, c'est mon domaine. Elle n'est pas du tout moderne, avec ses gros fauteuils en cuir et son bureau imposant, mais c'est mon antre. Elle me permet de faire le vide, de réfléchir, de m'isoler lorsque j'en ai besoin.

Je m'installe sur le sofa marron tout en allumant un cigare. J'observe le cadre posé sur le petit meuble contre le mur, une photo d'Allie lorsqu'elle n'avait que 10 ans. Cela me semble si loin. Elle était encore toute à moi à l'époque. Elle a grandi si vite. On n'est jamais vraiment préparé, même si on a conscience que les années passent à toute vitesse. Parfois j'aimerais revenir en arrière, travailler moins, m'occuper de ma famille.

Mais je crois que je ne sais rien faire d'autre que travailler, c'est ma manière de me sentir vivant, je n'ai que ça. J'attrape une bouteille pour me servir un petit verre de whisky. J'ai parfois besoin de mon petit remontant pour affronter le quotidien.

J'ai tellement eu peur de perdre Allie, il y a quelques années. Elle a quitté le droit et s'est lancée dans la photo. Elle était douée, mais cela ne m'étonne pas, elle est douée en tout. Elle a la fibre artistique, comme ma sœur, pourtant, je refusais qu'elle tire un trait sur nos projets. Mon plus grand rêve était qu'elle reprenne le cabinet, un jour. J'avais envie de travailler avec elle, de passer du temps avec elle. Je voulais rattraper toutes ces années où je n'ai pensé qu'aux dossiers. C'était un moyen de me faire pardonner.

Aujourd'hui, mon rêve se réalise, ma fille et mon gendre vont me succéder dans les années à venir, et c'est ma plus grande fierté. Le flambeau sera transmis, je vais pouvoir prendre ma retraite et souffler un peu.

Je suis heureux de la savoir épanouie après tout ce qu'elle a vécu, et surtout, je suis heureux de l'avoir auprès de moi, chaque jour.

Chapitre 9

Adam

Le samedi suivant, j'ai dans l'idée de passer une journée plus calme. Pas de cauchemar, pas de rêve, pas de souvenir, pas de flash, juste le néant. Je veux arrêter de cogiter.

Malheureusement, je suis certain d'une chose, mon cerveau n'est pas coopératif et à chaque instant, je m'expose à un retour de flamme. Plus je me donne du mal pour m'occuper l'esprit, plus ma mémoire est active et se rappelle à moi de manière plus ou moins brutale.

Ce matin encore, j'en ai fait les frais, sous la douche. La radio était allumée. Et alors que *Maniac*[4] était diffusée sur les ondes, un flash m'est parvenu. Il m'a déséquilibré, assez pour m'obliger à me rattraper à la paroi en verre. Une sensation d'abord, de bonheur intense. Puis ce rire, toujours si vrai, si communicatif. Cette même musique qui résonnait à l'étage. Sa manière de se déhancher tout en se démêlant les cheveux. La porte était entrouverte, elle avait essuyé

---

[4] *Maniac* est une chanson de l'artiste Michael Sembello, sortie en 1983, elle est connue pour être l'un des titres phares de la bande originale du film Flashdance.

le miroir avec sa main et continuait de chanter tout en remuant dans tous les sens. Elle a éclaté de rire en se rendant compte que je la regardais, les bras croisés, un sourire niais greffé à mes lèvres. Je peux percevoir ces sentiments indescriptibles pour elle, ce besoin de la serrer contre moi, cette envie de l'embrasser, de lui retirer sa serviette et de lui faire l'amour sur le carrelage de la salle de bain. Elle était tout en cet instant.

Ce matin-là, ma mémoire m'a fait un clin d'œil. Est-ce positif ? Peut-être. Je suis sur la bonne voie, au fond. Mais avoir l'impression de vivre une seconde vie en ayant effacé la première, c'est particulièrement perturbant et je suis heureux de pouvoir me reposer sur le docteur Hugo. Il était temps que quelqu'un m'aide à avancer. Cette idée m'apaise suffisamment pour que je continue de me préparer en tentant de mettre de côté cette pensée, cette vision de bonheur. J'ai, malgré tout, un petit pincement au cœur en essuyant à mon tour le miroir avec la paume de ma main, juste avant de sortir rapidement de la salle d'eau pour m'habiller dans la chambre.

Je passe ma matinée à bricoler dans le jardin. Le soleil est au beau fixe, la température idéale, c'est la combinaison parfaite pour amorcer une agréable journée. Ma table basse avance bien, je suis plutôt fier de redécouvrir le plaisir du bois. Je suis surpris de constater à quel point les gestes et les réflexes me reviennent. Je ne sais pas ce que je fais, et pourtant, sans réfléchir, mes mains agissent. Comme si c'était naturel, comme si je l'avais toujours fait. Le corps humain est étonnant. Je me révèle petit à petit. Une seconde naissance en quelque sorte. À 33 ans, c'est assez perturbant.

En début d'après-midi, je ressens le besoin de changer d'air, de lieu, d'environnement. J'appelle Mathilde qui accepte de venir se balader avec moi. J'ai envie de rire, de me détendre, de ne penser à rien, à part à l'odeur de son parfum, à la douceur de sa peau, au goût de ses lèvres sur les miennes. Une fuite en avant ou en arrière, qu'importe, une fuite, tout simplement.

— Tiens, enfile ça, dis-je en lui tendant un casque.

— Merci.

— Tu grimpes ? lancé-je en démarrant ma moto.

Je l'ai achetée, un an auparavant, peu de temps après sa sortie. Un petit cadeau après quelques années frugales à me contenter de mettre de l'argent sur mon compte sans vraiment en profiter. Et on peut dire que je me suis fait plaisir. Une Yamaha MT-07 Tracer ABS. J'ai craqué sur sa finition sportive. Ses phares avant semblent percer le vent avec leur forme allongée. Un vrai coup de cœur. Rouge et noire, elle a du caractère, comme moi. Un rappel aux couleurs des pompiers ? Peut-être, après tout...

Mathilde s'exécute et se colle contre moi. Elle s'agrippe fermement et nous nous mettons en route. Je n'ai pas vraiment d'idée arrêtée sur notre destination, je souhaite juste rouler, sans but précis. J'admire le paysage, les montagnes s'offrant à nous, les arbres qui bordent l'asphalte. La nature est flamboyante. L'air frais embaume mes poumons, il fouette mon visage avec intensité. Les falaises majestueuses se dressent devant nous. Je ne peux me lasser de cette beauté.

Au bout de quarante minutes, nous atteignons Lantosque[5], un petit village surplombant la Vésubie. Ce bourg de montagne, allongé sur une barre rocheuse, est dominé par un joli clocher.

— Nous sommes arrivés à destination.

Mathilde descend de moto et retire son casque. Ses longs cheveux retombent sur ses épaules. Elle me sourit.

— C'est mignon ici.

— Oui, le village a beaucoup de charme.

— Lantosque, c'est ça ?

— Exact. Tu connais ?

— Non, pas du tout. J'ai hâte que tu me fasses visiter, dit-elle en me prenant la main.

Nous empruntons la rue principale qui grimpe en escalier. Les maisons en pierre aux couleurs chatoyantes semblent accueillantes et chaleureuses. On aurait presque envie de toquer chez un habitant, juste pour discuter. Les charmantes ruelles sont décorées de portes sculptées, de passages voûtés et on peut même admirer une ancienne fontaine du XIXe siècle. Tout est authentique. Tout ce que j'aime...

Au sommet du village, nous arrivons devant une église dont la large façade et la porte sculptée remontent au XVIIe siècle. Un

---

[5] **Lantosque** est une commune française située dans le département des Alpes-Maritimes, en région Provence-Alpes-Côte d'Azur. Ses habitants sont appelés les Lantosquois. La commune de Lantosque est située dans la partie centrale de la vallée de la Vésubie. La Vésubie est une des cinq vallées principales des Alpes-Maritimes. L'altitude varie d'environ 300 mètres à 1 900 mètres. 1314 habitants en 2015.

patrimoine historique époustouflant. Sans compter la vue sur les tuiles romaines et la vallée. Les montagnes alentour offrent un cadre idyllique, l'endroit idéal pour se ressourcer, faire le vide, être apaisé.

—   C'est magnifique !

—   C'est vrai, j'adore cet endroit.

—   Tu viens souvent ?

—   De temps en temps. J'aime m'évader.

—   Tu es un solitaire, dit-elle en se collant à moi.

Elle pose ses mains sur mon torse, faisant glisser ses doigts avec douceur et tendresse. Ma main passe derrière sa nuque. Elle se rapproche un peu plus. Ses lèvres ne sont plus qu'à quelques millimètres des miennes. Juste un souffle nous sépare. J'aime cette façon qu'elle a de laisser planer le désir, il augmente jusqu'à ce qu'il ne soit plus maîtrisable. Sa langue vient chercher la mienne, elles se mêlent avec passion. Son corps contre le mien vibre à mesure que mes battements de cœur s'intensifient.

— Dommage, nous ne sommes pas seuls, me glisse-t-elle à l'oreille avant de reculer d'un pas.

Son regard en dit long sur ses intentions.

Nous nous approchons du muret et restons ainsi durant plusieurs minutes. Le soleil décline peu à peu offrant au ciel des couleurs à couper le souffle. Lorsque la fraîcheur se fait sentir, nous rebroussons chemin afin de regagner la moto.

Mais cet instant a quelque chose de familier.

Vous connaissez les impressions de déjà-vu ? J'ai cette sensation en cette fin de journée. C'est étrange. Nous enfilons nos casques et prenons la direction de Coaraze. Je sens Mathilde se serrer contre moi et presser ses mains contre mon torse. Elle resserre ses jambes un peu plus fermement. Se mouvoir au gré des virages tout en maîtrisant la moto sans pour autant la brider est un plaisir incommensurable. J'adore profiter ce de genre de moment. Je regarde les arbres défiler et une vague de chaleur m'envahit. Cette sensation de déjà-vu s'intensifie. Ce sentiment familier qui me tiraille depuis que je suis arrivé à Lantosque. Je ne parviens pas à me l'expliquer.

Et puis il y a ce flash, puissant, déroutant.

Son rire, encore.

Ses cheveux qui volaient au vent.

Nous nous embrassions près du clocher, nous observions la montagne devant nous, nous étions main dans la main, à nous balader dans les rues du village. Nous dégustions une glace, assis sur la place principale. Et puis, elle a posé sa tête sur ma poitrine et je l'ai serrée contre moi, autant que possible. Je ne voulais plus la lâcher. Elle était mon essentiel, mon oxygène. Je vois ses mains contre mon torse lorsque nous prenions la moto. Parfois, elle les remontait vers ma bouche pour que je les embrasse, elle caressait mon dos ou mes épaules quand nous étions à l'arrêt. Nous étions complices et amoureux.

Allie...

Ce jour-là, nous avions fait l'amour en revenant à la maison. La fenêtre était entrouverte, le vent ruissellait entre les rideaux. Le soleil filtrait à peine, juste assez pour éclairer sa peau. Elle était douce. Elle était souriante, épanouie, belle à en crever. Je sentais son corps contre le mien, je caressais ses seins, je l'embrassais avec passion.

Nous avions fait l'amour, longtemps. Comme si le temps ne comptait plus, comme si plus rien d'autre ne comptait. La Terre pouvait bien s'arrêtait de tourner, il n'y avait qu'elle et moi.

Je ne sais plus ce qu'est l'amour, je n'aime plus, mon cœur est barricadé, anesthésié. Mais avec elle... c'était différent.

Lorsque je reprends mes esprits, la moto tangue dangereusement. Mathilde s'est crispée dans mon dos, je la sens s'agripper fermement, tout en me demandant si tout va bien. Je dois m'arrêter un instant sur le bas-côté afin de me remettre de ce flash. Parfois, il me semble que je me trouve à deux endroits en même temps. Mon corps est ici, mais mon esprit est ailleurs, dans mes souvenirs, dans mon passé. Je dois jongler entre les deux, sans me perdre en cours de route. Lorsque nous arrivons à Coaraze, Mathilde me propose de monter avec moi, pour terminer la journée ensemble, mais je refuse, je ne suis pas d'humeur à passer la soirée avec elle. Je l'apprécie, c'est vrai, mais je ne l'aime pas. Je n'ai plus envie de m'amuser. Mon esprit est tourné vers Allie. Comment pourrais-je oublier de nouveau ces instants, faire comme s'ils n'existaient pas... Je ne peux pas, je ne peux plus. Quand je la vois, même si ce n'est que dans ma tête, je me sens vivant, vibrant. Je ne peux ignorer ce que je découvre. J'ai envie de creuser, envie d'en savoir plus.

Chapitre 10

Allie

Le dimanche matin, je me rends à la piscine. Le seul moment de ma semaine qui m'est totalement consacré. Qu'il neige, qu'il vente, qu'il pleuve, qu'importe, j'y vais systématiquement. Parfois je retrouve ma mère pour bruncher, parfois les hommes de la famille nous rejoignent, tout dépend des dossiers en cours. Ce dimanche-là est un dimanche-boulot pour Max. Je suis donc toute disposée à m'occuper de moi. Deux heures pour évacuer toutes mes émotions. Dans l'eau, je peux tout oublier ou réfléchir à mes soucis en fonction de mon humeur, c'est étrange l'effet qu'a cet endroit sur moi. Et aujourd'hui, j'ai besoin de faire le point. Sur ma vie. Sur mon avenir. Sur mon passé. Ces souvenirs qui refont surface, petit à petit, me perturbent profondément. Cinq ans. Cela fait cinq ans qu'il est sorti de mon existence, de la pire des manières, de la plus horrible des manières. Je ne peux oublier le drame, je ne peux oublier notre séparation, je ne peux oublier mes larmes, ma douleur, ma souffrance. Je me suis retrouvée au fond du trou, anéantie, perdue, sans mes repères, sans lui. J'ai tout reconstruit, j'ai remonté la pente, j'ai redressé la barre, j'ai trouvé un équilibre. Mais à présent, ce petit quelque chose me manque. Ce que j'appréciais jusqu'à présent, cette routine, ce quotidien simple et prévisible commence à me gêner. Je ne me sens plus en phase avec tout cela. Et Adam revient. Il s'immisce dans mes souvenirs, dans mes journées, dans mes nuits. Comment oublier l'homme de sa vie ? Celui qu'on a aimé de toutes ses tripes, celui qui nous a porté au plus haut et qui nous a aussi jeté plus bas que terre en détruisant tout sur son passage. Je l'ai aimé autant que je le déteste aujourd'hui. Pourquoi ces pensées s'imposent-elles à moi alors que je croyais avoir fait mon deuil de cette relation ? Je suis perdue.

En rentrant, je constate que Maxime est absent, il ne rentrera pas déjeuner, il ne rentrera pas de l'après-midi. Avec un peu de chance, il sera à la maison en fin de journée. S'il ne travaillait pas avec mon père, j'aurais des soupçons d'infidélité. Il est la tête dans les dossiers. Quelque part, ça me rassure. Maxime n'est pas homme à tromper. Il a du mal à s'occuper de moi, alors deux femmes…

— Allô…

— Houlala, tu as ta voix des mauvais jours, me dit Lisa. Qu'est-ce qu'il se passe ?

— Rien de spécial, justement.

— Maxime est au bureau.

— Oui, comme toujours.

— Tu devrais lui parler.

— Je ne suis pas certaine que ça changerait quoi que ce soit.

— Tu n'as même pas essayé.

— …

— Tu ne peux pas tout garder pour toi et continuer à te noyer dans cette relation, tente-t-elle d'expliquer d'une voix plus douce.

— J'en ai conscience.

— Je sais ce que tu penses, ma chérie.

— Ah bon ? Dis-moi tout.

— Tu as peur de tout devoir recommencer, que ton quotidien s'écroule, que ta vie soit à nouveau saccagée.

— Oui, j'ai peur Lisa. Je n'ai pas envie de repartir de zéro. La dernière fois était éprouvante.

— Écoute-moi, la situation est différente. Ce n'est pas la même histoire. Adam et toi vous êtes séparés violemment.

Entendre son prénom prononcé par quelqu'un d'autre a un effet étrange. Tout le monde tait non nom. Il est inexistant dans notre présent. Le sujet est clos, il est tabou.

— Il y avait des larmes, de la souffrance. Avec Maxime, c'est différent. Juste de la lassitude, de l'ennui. Vous n'êtes plus sur la même longueur d'onde, vous n'êtes plus compatibles.

— Tu as tellement raison, dis-je en tremblant.

La véracité de ses propos me bouscule dans mes réflexions. J'ai conscience de tout cela, mais je refuse de me l'avouer.

— Tu es jeune, tu peux refaire ta vie avec quelqu'un d'autre.

— Je ne suis pas certaine d'en avoir encore la force.

— Tu dis ça maintenant, mais tu verras, ça ira. Et puis, au pire, un peu de célibat te permettrait de penser à toi et rien qu'à toi...

— Je vais te laisser Lisa, je vais essayer de me reposer un peu.

— D'accord, mais réfléchis-y.

— Promis.

Je raccroche rapidement. Je ne veux pas y songer, je souhaite enterrer mes craintes, mes doutes. J'aspire à retourner à cette vie stable et cesser mes questionnements. Je m'enfonce dans mon canapé. *N'oublie jamais*[6] est prêt à être lancé. Une jolie histoire d'amour que je connais par cœur. Pourquoi m'infliger ça avec mon état d'esprit actuel ? Je ne le sais pas. Les filles sont parfois étranges. Au bout d'une demi-heure, je m'endors. Non pas que le film ne soit pas bon, c'est loin d'être le cas, évidemment. Mais ma fatigue psychologique a pris le dessus.

Et le rêve que j'ai fait ne m'aide pas à relativiser. Adam et moi avions un rituel. Le dimanche-film. Nous avions l'habitude de choisir un film, chaque week-end nous changions de thème. Et en général nous mangions des pop-corn ou des céréales, comme des enfants, installés sur notre canapé, blottis l'un contre l'autre. C'était *notre* moment pour terminer la semaine ensemble. Nous ne manquions jamais cet épisode si important dans notre couple. Si Adam avait une urgence, nous décalions au lundi. Un soir, nous regardions une comédie. À vrai dire, je ne me souviens plus vraiment laquelle. Nous riions tellement que j'avais failli m'étouffer avec mes pop-corn. Adam s'était moqué au point de recracher les siens. Il y en avait partout parce qu'évidemment dans l'énergie du moment, nos saladiers respectifs s'étaient éparpillés sur le sol. Mais ce n'était pas grave, car la vie avec Adam, c'était ça. Les disputes étaient rares, même si nous en avions eu quelques-unes, notamment à cause de mes parents. Adam se moquant de moi, je m'étais jetée sur lui pour le chatouiller, mais il était bien plus fort alors nous avions terminé notre course sur le tapis du salon à rigoler comme des enfants. Un fou-rire, comme nous en avions souvent.

---

[6] **N'oublie jamais** (The Notebook) est un film américain réalisé par Nick Cassavetes, sorti en 2004. Il s'agit d'une adaptation du best-seller de l'écrivain américain Nicholas Sparks : Les Pages de notre amour.

Ce moment de bonheur me fait me réveiller avec un sourire qui étire mes lèvres et des larmes qui coulent sur mes joues. Un mélange étonnant. Ce souvenir me bouleverse profondément. Ce méli-mélo d'amour et de haine qui envahit mon esprit depuis plusieurs semaines me laisse perplexe. Comment m'en sortir ? Je n'en ai aucune idée.

Le film est terminé. La musique de la page d'accueil tourne en boucle. Je reste quelques secondes sans bouger, essuyant mon visage avec le revers de ma manche. J'entends la porte d'entrée s'ouvrir. Je tente de raviver mes joues en les tapotant légèrement. Je replie le plaid sur le côté et remets mes cheveux en place. Maxime ne s'étonne pas en me voyant ainsi, la mine déconfite.

— Tu as encore regardé un film à l'eau de rose ? dit-il en souriant.

J'acquiesce.

— Tu sais bien que tu pleures à chaque fois, continue-t-il. Tu devrais regarder des films drôles.

Il n'a pas idée à quel point cela me manque.

— Tu as raison. Ça a été le boulot ?

— Pas trop mal, dit-il en posant sa mallette sur la table du salon. Finalement, ton père m'a relâché assez tôt.

Je regarde ma montre, il est 18 h 30. Maxime remarque mon expression.

— Plus tôt que d'habitude, disons.

Il s'approche pour me prendre dans ses bras.

— Tu m'as manqué aujourd'hui. Je préfère quand tu es avec moi au travail.

— Et je préfère quand tu es avec moi à la maison.

— Je sais, mais je suis là maintenant, on pourrait en profiter ensemble.

Il m'embrasse avec douceur. Je sens déjà son corps se tendre sous l'effet du désir. Il laisse glisser ses mains dans mon dos et tente de retirer mon pull.

— Max, s'il te plaît, dis-je en faisant un pas en arrière.

— Qu'est-ce qu'il y a ? s'enquiert-il surpris.

— Je n'ai pas très envie là.

— Allez chérie, on ne se voit presque plus, j'ai envie de faire l'amour avec ma femme.

— La faute à qui, répliqué-je, sans réfléchir.

— Quel accueil !

Il attrape sa mallette et monte à l'étage, vexé.

Je n'y peux rien, après le rêve qui m'a frappée, les mots de Lisa, mes pensées si embrumées, je ne me sens pas de faire l'amour avec mon mari. J'ai encore les yeux humides. Mes souvenirs se rappellent à moi, perturbant mon quotidien. Ma vie de couple n'est déjà pas au beau fixe et tout cela n'arrange rien.

Malgré tout, trois heures plus tard, une fois dans notre lit, Maxime revient à la charge. Il fait glisser sa main sous les draps et tente une nouvelle approche. Cette fois-ci, je lui cède. Pas à contrecœur, je n'irais pas jusque-là, mais sans grande envie. Maxime est égal à lui-même, ni plus ni moins, c'est moi le problème au fond, c'est moi qui me triture l'esprit, alors je me dois de donner le change et d'essayer de sauver mon mariage. Je ne suis pas prête à tout perdre, pas si vite, pas comme ça.

Chapitre 11

Adam

La journée commence sur les chapeaux de roue. Nous sommes partis en intervention à l'aube. Un vieil homme semblait avoir fait une chute en voulant monter sur son toit pour réparer une fuite. Il aurait perdu l'équilibre en grimpant à l'échelle. À notre arrivée, il gît près du mur, immobile. Des voisins l'ont encerclé, ils s'inquiètent, discutent, y vont de leurs hypothèses quant à l'issue de cet accident. D'autres tentent d'obtenir des informations. Nous les faisons reculer afin de pouvoir agir en toute tranquillité. Notre attention se porte exclusivement sur ce pauvre homme, nous ne devons pas être déconcentrés par des comportements envahissants et inappropriés.

Il est inconscient, mais il respire, assez faiblement. Les séquelles peuvent être terribles à cet âge et au regard de la hauteur. Éric et moi-même prodiguons les premiers soins, chaque minute compte. Nous lui parlons pour tenter de le rassurer voire pour l'aider à ouvrir les yeux, si sa perte de conscience n'est que superficielle, mais en quelques secondes, la situation s'aggrave. Il cesse subitement de respirer. Ce que nous redoutions...

Nous essayons de le réanimer, en vain.

Commencer sa journée ainsi est vraiment terrible. Nous nous demandons toujours, et si nous étions arrivés plus tôt, et si nous avions agi différemment, sommes-nous passés à côté de quelque chose ? En réalité, il arrive parfois que notre intervention ne change rien. En l'occurrence, c'est le cas pour ce pauvre homme. Une chute aux conséquences désastreuses pour un moment d'inconscience et d'inattention. Quelle tristesse !

Tandis que nous interrogeons les voisins pour savoir s'il y a de la famille à prévenir, un chien accourt vers nous. Un superbe berger australien de trois ans avec des yeux bleus d'une profondeur exceptionnelle. Il s'appelle Jazz et appartenait à la victime. J'adore ce nom, il a du chien ! Ses deux tâches marrons autour des yeux sont craquantes. Nous apprenons aussi que ce pauvre homme vivait seul depuis le décès de son épouse, trois ans plus tôt.

Après quelques négociations, l'un des voisins accepte de garder Jazz en attendant que l'on cherche sa famille.

Le reste de la journée est plus tranquille, mais il est certain que cet incident est gravé dans notre mémoire.

— Ça va ? me demande Éric tandis que je grignote un sandwich entre deux interventions.

— Oui, oui, je pensais à ce pauvre homme.

— Moi aussi, je ne m'y ferai jamais. On fait ce métier pour sauver des vies et aider les gens et non pas pour les voir mourir.

— C'est triste. Quelque part, je suis content que sa femme ne soit plus là.

— Je comprends. Au moins, ils sont ensemble maintenant.

— Je l'espère.

— Tu n'y crois pas ?

— Je ne sais pas, j'aimerais penser que si, mais bon tant qu'on n'y est pas, on ne peut pas l'affirmer.

— C'est vrai, mais ça conforte dans l'idée que la mort n'est pas la fin.

J'acquiesce. Je n'aurai peut-être jamais « la chance » de retrouver mon âme sœur après mon décès. Faut-il que je la trouve et je ne suis pas du tout enclin à me lancer dans une histoire.

— On a des nouvelles pour la fille de la victime ?

Nous avions appris qu'il avait une fille qui habitait en ville.

— Ils lui ont laissé un message.

— OK. Je pensais à ce pauvre chien, j'espère qu'elle va le récupérer.

— On verra bien.

Je termine mon sandwich juste à temps pour une nouvelle intervention. L'après-midi se déroule sans encombre. Je suis content de rentrer chez moi. D'humeur nostalgique et à la suite de ma discussion avec Éric concernant l'amour et la vie après la mort, je décide de déterrer quelques souvenirs enfouis dans mes vieux cartons. Ma deuxième chambre en est encombrée depuis mon emménagement à Coaraze. Je n'ai jamais rien déballé. Je n'en vois pas l'intérêt, tout s'est si mal terminé et mon amnésie n'a rien facilité. Je n'ai plus ce passé dont on me parle, il ne me dit rien. Je ne connais pas ces personnes qui gravitaient autour de moi et qui, aujourd'hui, me détestent. Je souhaite avancer, débuter une nouvelle vie puisque cette vie-là semble si horrible. Finalement, avec les souvenirs qui refont surface, je me rends compte que la solution n'est pas de tout effacer et de recommencer ailleurs. Mon passé fait partie de moi, je dois l'accepter, faire avec. Le nier ne m'aide pas, j'en suis certain. J'ai vécu dans ma bulle pendant plusieurs années, mais je sens bien que le temps est venu pour moi de découvrir la vérité, aussi terrible soit-elle. Il me faut l'affronter. Je ne vais pas tout déballer aujourd'hui, j'ai décidé d'y aller progressivement.

En ouvrant le premier carton, un DVD attire mon attention. C'est un petit boîtier en plastique transparent devant et noir derrière. Je regarde l'inscription notée au marqueur sur le disque : « 2008 : notre nouvelle maison ».

Curieux, je retourne dans le salon pour le glisser dans le lecteur de mon ordinateur. Je ne me sers que très peu de cette machine, mais il faut bien rester un minimum connecté. Le lancement paraît durer une éternité, je dois attendre quelques secondes avant de pouvoir cliquer sur *play*.

Je rapproche ma chaise afin de mieux voir ce qui va défiler devant mes yeux. Une main posée sur la souris, l'autre sur ma cuisse. Je suis tendu. Je monte le son lorsque la vidéo se lance.

« *Voici notre nouvelle maison, nous l'avons retapée et redécorée. Après des mois de travail, nous voilà enfin chez nous, pour de bon.* »

Je reconnais ma voix. Il est étrange de s'entendre dire des choses sans pouvoir s'en rappeler. Sur l'écran, une immense villa blanche se dresse devant moi. Deux fenêtres donnent sur l'allée, encadrées par des volets rouges. Une barrière blanche, en bois, délimite le jardin. Des marches mènent à une terrasse couverte qui longe l'avant de la bâtisse. Des fauteuils y sont installés. Je semble fier de cet endroit. Je dois avouer que c'est très joli.

« *Et voilà les fauteuils tant souhaités par Allie, pour pouvoir boire son café ou sa tasse de thé en observant les gens se balader.* »

Allie... entendre son prénom a pour effet de provoquer des frissons le long de mon échine.

« *Le rouge, c'est l'idée d'Allie. Elle voulait une porte qui attire l'œil et qui donne de la vie à cette entrée. Effet réussi, vous ne trouvez pas ?* »

Nous pénétrons à l'intérieur. La maison est sublime. Des couleurs pastel, des meubles en bois. Un coin lecture devant la cheminée, une salle à manger plutôt grande et chaleureuse, une cuisine flambant neuve et un salon accueillant, qui a vue sur le jardin à l'arrière.

« *Et maintenant, l'étage, suivez-moi.* »

Je vois l'appareil monter les escaliers. Je présente les trois chambres ainsi que la salle de bain, assez rapidement, tout en m'attardant sur les meubles, les finitions, les moulures, comme au rez-de-chaussée. Puis je redescends, non pas à l'étage, mais au sous-sol. Je longe un petit couloir, avec lenteur, afin de filmer les murs. Ils comportent une multitude de photographies. Beaucoup sont en noir et blanc.

« *La pièce la plus importante de la maison se trouve ici.* »

La porte s'ouvre sur une grande salle dans laquelle se trouve une jeune femme de dos, occupée à regarder des clichés sur une table.

« *Nous avons installé cet atelier ainsi qu'une chambre noire pour réaliser le rêve d'Allie afin qu'elle puisse travailler à l'ancienne et se plonger dans sa passion.* »

« *Que fais-tu ?* »

« *Je filme notre nouvelle maison.* »

« *Pour qui ?* »

Allie... Elle semble amusée.

« *Pour nous, plus tard, pour nos enfants, je n'en sais rien, j'avais envie d'immortaliser la fin des travaux et notre installation définitive dans notre petit coin de paradis.* »

Je dépose la caméra sur une table juste en face d'elle. Je me vois la rejoindre. C'est particulièrement perturbant. Je la prends dans mes bras.

« *Arrête cette caméra, je ne suis pas coiffée* », dit-elle en tentant de remettre des cheveux en place.

Je suis figé sur l'écran. Elle est sublime. Elle semble épanouie.

« *Tu es magnifique, comme toujours. Contente de ton atelier ?* »

« *Il est parfait. Comme cette maison.* »

« *C'est vrai ! Nous serons heureux ici.* »

« *J'en suis certaine.* »

Nous nous embrassons. Cette complicité est incroyable. Je la sens transparaître à travers l'écran. Elle est flagrante, indescriptible. Nous étions amoureux, bien plus que des mots ne peuvent l'expliquer.

« *C'est aussi grâce à ton travail et tes sublimes meubles.* »

« *C'est vrai* », acquiescé-je en souriant.

J'ai donc fabriqué moi-même le mobilier de la maison. Je comprends mieux mon amour pour le travail manuel et ma facilité à retrouver tous mes gestes, ces derniers temps.

Allie se dirige vers la caméra et je l'aperçois de près, juste avant qu'elle ne la saisisse. Elle est radieuse. Bien différente du visage qu'elle affichait après le drame, celui dont je me rappelle, car il appartient aux souvenirs postérieurs à mon amnésie. Elle exprimait de la tristesse et de la haine. Elle me détestait, je l'avais senti immédiatement. Je sais pourquoi, mais je ne veux pas y croire. Ne pas me souvenir me protège de ce que l'on m'a raconté, de ce que j'ai fait, de l'acte irréparable que j'ai commis et qui a gâché ma vie ainsi que la sienne. J'ai tout bousillé. J'espère tant me tromper.

« Cet homme est l'être le plus merveilleux, le plus attentionné et le plus gentil que j'ai rencontré. Je l'aime passionnément. »

Et j'ai entendu ce rire, ce rire fabuleux, le même que dans ma mémoire. Je l'ai rejoint sur l'écran et la vidéo s'est coupée. Je reste un long moment immobile, pétrifié, perdu dans ces images. Je ne me rappelle pas ces instants, je n'ai pas de souvenirs de ce que je viens de voir et pourtant je ne peux pas nier l'évidence, je ne peux pas nier mes sentiments, ses sentiments, nos sentiments. Les larmes se mettent à dévaler mes joues sans que je puisse les contrôler. Je m'écroule sur la table, la tête posée sur mes avant-bras. Relâchant la pression pour la première fois depuis longtemps. J'ai besoin d'évacuer toutes ces pensées. Je dois pleurer une bonne demi-heure sans pouvoir m'arrêter. Je ne me reconnais plus. Mais comment savoir qui je suis vraiment ? Quel est mon caractère ? Ce que j'aime ? Mes envies ? Mes projets ? J'ai vécu dans une bulle, coupé de tout passé et de tout avenir depuis cinq ans. J'ai fait l'autruche pour ne pas admettre ce que j'ai fait. En fin de compte, en perdant la mémoire, j'ai perdu un bout de moi-même. En huit ans, nous changeons, nous évoluons, en tant que personne, en tant qu'être humain. Et je ne me rappelle rien de cette période. Peut-être ai-je totalement changé depuis mes 21 ans. Peut-être m'a-t-elle changé ? Peut-être qu'elle a bouleversé mon univers ? Et je ne m'en souviens pas.

Je m'endors sur le canapé, épuisé, vidé, anéanti par tout cela. Je n'ai qu'une hâte, être à mon prochain rendez-vous avec le docteur Hugo. Il faut que j'en parle à quelqu'un avant de devenir fou.

Chapitre 12

Allie

— Tante Betty ! Tante Betty !

— Oh ma chérie, chante Betty en arrivant vers moi.

Elle traîne une grosse valise violette sur le trottoir. Son immense chapeau de paille trône fièrement sur sa tête.

— Tu es bronzée, dis-moi.

— Eh oui, la Guadeloupe, c'est l'endroit idéal pour reprendre des couleurs.

— Mais tu sais que nous sommes en hiver ici, tu peux ranger ton chapeau.

— Ma chérie, garder le chapeau fait perdurer mon plaisir. C'est comme si j'étais toujours en vacances.

Je l'aide à déposer sa lourde valise dans le coffre de ma Fiat 500. J'ai revendu ma berline après le drame pour acquérir une petite citadine, plus pratique et plus maniable.

— J'ai plein de choses à te raconter, si tu savais. J'ai rencontré un Espagnol des plus torride. Nous avons passé deux semaines à nous embrasser sur la plage, c'était paradisiaque.

Betty est la sœur de mon père, mais ils sont totalement opposés.

Elle est joyeuse, frivole, indépendante, incapable de se caser ou de se fixer avec un homme. Artiste dans l'âme avec un talent fou. Grâce à sa sociabilité et sa joie de vivre, elle a noué des liens avec les bonnes personnes, l'aidant ainsi à vendre régulièrement des toiles. Elle est même exposée dans plusieurs galeries cotées. Ces transactions lui permettent de mener un train de vie des plus confortable, elle passe son temps à voyager, immortalisant de magnifiques paysages et des personnages atypiques sur ses tableaux.

Petite, rousse, plutôt pulpeuse, elle a la cinquantaine, le plus bel âge selon elle. Elle n'a jamais eu d'enfant, mais nous avons toujours été très proches. Elle m'apporte ce goût de liberté, cette passion, cet appétit pour la vie qui manque cruellement à ma famille.

— Je suis certaine que tu l'as peint, n'est-ce pas ?

— Tout à fait, je l'ai immortalisé sur l'une de mes plus belles toiles. Totalement nu.

— Betty ! Tu dis ça, à chaque fois.

— Mais cette fois-ci, c'est vrai, je n'ai rien exagéré, il avait des arguments de taille.

— Tu ne changeras jamais ! m'esclaffé-je, en démarrant la voiture.

— Pourquoi devrais-je changer ? Je suis parfaitement heureuse comme ça.

— Je t'envie.

— Alors viens avec moi, la prochaine fois, je t'emmène.

— Je ne peux pas avec le travail.

— Le travail, le travail, ma chérie, ce n'est pas la vie. Tu t'ennuies dans ce boulot, ton truc à toi, c'est la photo !

— Je sais tatie, mais la photo c'est derrière moi, c'est dans une autre vie.

— Que nenni, ma fille, la photo c'est dans tes veines, comme la peinture pour moi. On est artiste ou on ne l'est pas. Tu es née pour ça. Gâcher ce don, c'est inconcevable.

— Tatie...

— D'accord, d'accord, je me tais. Mais tu devrais jeter un petit coup d'œil dans ton grenier, là où tu as soigneusement remisé tous tes souvenirs. À mon avis, ça réveillera une envie viscérale de saisir à nouveau un appareil photo.

— Même si je le voulais, papa serait contre, et Maxime irait dans son sens.

— Et depuis quand les hommes décident de notre vie ? Je ne t'ai donc rien appris ?

— Tu connais papa...

— Oh que oui, je le connais. Il est imbuvable quand il s'y met et Dieu sait que j'aime mon frère. Mais sa vie et ta vie n'ont rien à voir. Tu as le droit de faire ce que tu souhaites, tu es majeure et vaccinée. Et personne ne rattrapera ces années que tu perds à t'ennuyer profondément dans une relation insipide.

Voyant ma mine déconfite face à ces derniers mots. Betty attrape ma main.

— Pardon, je ne voulais pas te blesser. Je veux juste ton bien, que tu sois heureuse.

— Je sais, et tu as raison, mais j'ai tellement souffert. Cette vie avec Maxime me rassure, m'apaise. Je n'ai pas à m'inquiéter de quoi que ce soit.

Nous venons d'arriver devant la maison de mes parents. Betty va y loger durant son court séjour en France. Nous descendons de voiture et regagnons le coffre afin d'en extraire sa valise.

— Écoute-moi, dit-elle en saisissant mes mains dans les siennes. Je sais à quel point tu as peur. Ce que tu as vécu, personne ne devrait avoir à surmonter telle épreuve. Crois-moi, j'en ai conscience. Mais ce n'est pas en te noyant dans cette relation sans amour que tu vas te protéger. Tu penses barricader ton cœur et lui éviter de souffrir. Peut-être que tu as raison, mais tu t'empêches aussi d'aimer, de vibrer, de vivre, tout simplement. C'est comme si tu te laissais mourir à petit feu.

— Je n'ai pas à me plaindre. Maxime n'est pas un mauvais mari.

— Peut-être. Il est vrai qu'il est gentil, c'est un homme bien. Mais ce n'est pas un homme pour toi. Il est beaucoup trop comme ton père, et tu es beaucoup trop comme moi, au fond de ton cœur, dit-elle en tapotant mon torse avec son index. Tu as besoin de te libérer de tes chaînes, de ce poids qui t'emprisonne.

— Je l'ai tellement aimé et j'ai tout perdu, de la pire des manières, dis-je en ravalant mes larmes. Jamais je ne pourrai aimer quelqu'un d'autre.

— Je sais bien. Adam était tout pour toi, j'en ai conscience. Mais on ne peut pas revenir en arrière. Il y a d'autres hommes, d'autres choses à partager, je t'assure. La vie n'est pas finie pour toi ! Il faut que tu te secoues !

Elle me serre dans ses bras. Son parfum, sa douceur, ses mots me réconfortent. Je suis bien plus proche de ma tante que de ma mère. Betty est tellement plus comme moi, et maman, beaucoup trop sur la réserve, beaucoup trop conforme à mon père. Ils se sont bien trouvés, mais je n'ai pas été conçue dans le même moule.

En rentrant chez moi, je repense à ses paroles. Elle a toujours visé juste. Au fond, je crois que j'ai peur, peur de tout envoyer balader, peur de tout recommencer, peur de perdre mes habitudes, ma sécurité.

Je décide d'écouter ses conseils et monte au grenier. Je n'y mets jamais les pieds. Mes anciens cartons y sont entreposés, prenant la poussière au fil des années. Beaucoup de mes cadres y reposent aussi, soigneusement emballés et protégés pour ne pas s'abîmer. Je ne les ai plus touchés depuis, ce qu'il me semble être des siècles. Enfermés dans ce grenier avec mon passé, mes sentiments, ma vie. J'allume l'ampoule accrochée au plafond et reste un moment immobile. Je ne sais pas vraiment par où commencer ni ce que je dois déballer en premier. L'émotion risque d'être au rendez-vous, tout comme mes souvenirs, je ne suis pas certaine d'être vraiment prête à les affronter.

Je m'avance doucement sur le parquet grinçant et prends la première boîte, celle à portée de main, m'installant directement sur le sol. Je l'ouvre, tremblante. Je découvre mon vieil appareil photo. J'aimais utiliser un appareil argentique. Mais avec le temps j'avais aussi dû m'équiper avec du numérique. J'alternais en fonction des commandes clients. Je retrouve aussi un grand nombre de clichés rangés dans des albums, eux-mêmes classés par destination.

L'année est précisée sous le nom de chaque pays. « Italie, 2009 », « Thaïlande, 2010 », « Irlande, 2010 », « Norvège, 2013 », « Royaume-Uni, 2011 », « Espagne, 2012 ».
Pendant plusieurs années, j'ai eu la chance de voyager. En réalité, lorsque j'ai tout quitté après mes quatre années à la fac de droit et monté mon affaire dans la photo, j'ai d'abord eu du mal à trouver des clients. De fil en aiguille, des amis, des connaissances ont

commencé à me faire confiance, en me demandant de venir immortaliser un mariage ou une fête d'anniversaire. Le bouche-à-oreille a fonctionné et mon répertoire a grossi, tout comme mes commandes. Mais Adam voyait plus grand pour moi. Il répétait que j'avais du talent et voulait que je parvienne à percer dans le métier. Nous avons alors créé un portfolio ensemble lors de vacances en Italie. Des paysages, des monuments, des personnes atypiques, des amoureux, et lui. Il était sur beaucoup de clichés, un modèle idéal. Il m'a aidée à monter un site internet et grâce à son idée, on a commencé à me démarcher pour des photos de journaux, de magazines, de catalogues voyage. J'ai pu laisser tomber les mariages et les anniversaires. J'adorais ce nouveau travail. J'avais une grande liberté qui me permettait de m'épanouir totalement. Mes contrats ne se ressemblaient jamais et les clients me faisaient confiance. Ma spécialité était le noir et blanc, mais je pouvais aussi saisir un coucher de soleil, un clair de lune ou le mouvement des oiseaux en plein vol. Grâce au soutien d'Adam, j'ai réalisé mon rêve. J'étais heureuse et je gagnais bien. Évidemment, nous devions conjuguer voyages et vie de couple, mais nous avions trouvé un parfait équilibre. Mes parents ont fini par s'y faire, ou presque. Ils ne comprenaient pas, ils n'approuvaient pas, mais passés les débuts difficiles, ils ont admis que je m'en sortais bien. Après tout, ils n'avaient pas le choix, ils avaient entendu à quel point ce travail était important pour moi, ils ne pouvaient nier l'évidence, ils ne pouvaient s'exposer à me perdre. Aujourd'hui, je les remercie d'être restés dans ma vie, car depuis cinq ans, ils m'épaulent. Sans eux, je ne m'en serais pas sortie. J'ai touché le fond et je n'ai plus le cœur à photographier quoi que ce soit. Je n'ai plus saisi un appareil depuis. Une manière de couper toute relation avec le passé.

En faisant défiler les pages des albums, je me rends compte à quel point j'étais heureuse lorsque j'exerçais ce métier. Je voyageais, je rencontrais des personnes formidables, je vivais de ma passion. Combien de personnes peuvent s'en vanter ? Combien de personnes parviennent à se lever chaque matin, le sourire aux lèvres, ravies d'aller travailler, car elles adorent ce qu'elles font ? Je faisais partie de cette catégorie de gens. Ces petits chanceux qui ont gagné le gros lot au grand loto de l'univers. Mais tout a un prix et peut-être ai-je été punie pour avoir été trop heureuse... La sanction a été brutale et violente. Je me suis souvent demandé ce que j'avais fait pour mériter autant de souffrance.

Je finis par retrouver des photos d'Adam. Quand il le pouvait, il m'accompagnait en voyage. Lorsque ce n'était pas le cas, j'immortalisais chaque instant de notre quotidien ensemble. Il était beau, tellement gentil et sociable. Une vraie perle. Comment a-t-il pu commettre cela ? Lui qui dédiait son existence à aider les autres, qui sauvait des vies. Il est devenu le méchant de l'histoire, ou presque. Pourtant je l'ai aimé, et je l'aime toujours, je ne peux le nier. Je n'assume pas ces sentiments, je n'assume pas ce que je ressens, car je le déteste aussi. Et je dois le détester. Ce qu'il a fait est impardonnable. Mais je ne peux lutter, mon cerveau le hait tandis que mon cœur l'aime. Et je me dois d'avancer, de connaître à nouveau les papillons dans le ventre, les palpitations, les émois des débuts d'une relation, les attentions. Peut-être pas immédiatement, je ne me sens pas prête, mais l'idée va faire son petit bonhomme de chemin, elle est lancée dans les méandres de mon âme, de mon cœur, de mon corps. Il me faut attendre que la graine germe et donne naissance à une vigoureuse volonté de m'en sortir.

— Allie ?

— J'arrive, crié-je en refermant rapidement le carton.

— Tu étais au grenier ? demande Maxime en me voyant redescendre.

— Oui, je désirais me plonger dans mes vieilles photos.

— Allie…

— Je sais, je sais, mais ça me manquait.

— Et ça n'aurait pas un rapport avec le retour de Betty ?

— Si, un peu. Elle m'a donné envie de toucher du doigt ce que j'appréciais avant.

— Tu veux dire avant moi ?

— Avant le drame, avant que tout bascule. La photo était une réelle passion, c'était vital.

— Je sais, Allie, et si tu souhaites reprendre pour t'amuser le week-end. Pourquoi pas…

— Tu serais d'accord ? m'étonné-je.

— Bien sûr que oui, pourquoi devrais-je refuser ? Chacun a le droit de se détendre après le travail, tu sais.

— Et toi tu sais te détendre ? tenté-je en lui massant les épaules tandis qu'il vient de s'asseoir dans le canapé.

— Mon boulot, c'est ma passion, Allie.

— On croirait entendre papa.

Il sourit.

— Et si on partait en vacances ?

— Pardon ? s'étonne-t-il.

Je contourne le sofa et m'installe à côté de lui.

— Me replonger dans les photos m'a donné envie de voyager à nouveau. On pourrait partir tous les deux, une petite semaine.

— Allie, je ne peux pas, tu sais bien.

— Papa comprendrait, je me charge de le convaincre, il ne peut rien me refuser.

— Ce n'est pas que ton père. Je me bats pour devenir associé, je bosse comme un fou, dit-il en dénouant sa cravate. Je ne veux pas laisser tomber mes dossiers et tout abandonner en cours de route.

— On ne te demande pas d'abandonner quoi que ce soit, dis-je en posant ma main sur sa cuisse. Juste prendre une petite semaine de vacances avec ta femme, ce n'est pas grand-chose.

— Ne te fatigue pas, réplique-t-il en se levant d'un bond. Je ne peux pas partir maintenant.

Il monte se doucher, tandis que je reste sur le canapé. Le visage défait. Déçue de sa réaction et consciente que les changements ne viendront pas de mon époux, mais bien de moi.

Chapitre 13

Adam

Deux jours après que le vieil homme a perdu la vie à cause de sa chute, le voisin, qui a pris le chien chez lui en attendant de joindre la fille de la victime, vient à la caserne pour nous donner des nouvelles. Il s'est avéré que cette dernière vit dans un petit appartement avec son fils et ne se voit pas adopter un animal de compagnie. Il va donc devoir partir au refuge, incessamment sous peu. Jazz, qui accompagne notre visiteur, est excité à l'idée de découvrir les lieux. Il renifle partout et saute sur tous mes collègues pour jouer avec eux.

— Et vous ne pouvez pas le garder ? demandé-je au vieil homme.

— J'aurais bien aimé, mais j'ai trois chats qui détestent les chiens. La cohabitation est difficile depuis deux jours. Et puis vous savez à mon âge, le sortir plusieurs fois par jour devient compliqué.

— Je comprends. Que va-t-il advenir de lui ?

— S'il n'est pas adopté, il risque d'être piqué.

— Ça te ferait du bien un peu de compagnie, lance alors Éric en me tapant sur l'épaule.

— Pardon ?

— Bah oui, pourquoi pas. Tu as toujours adoré les chiens et on dirait qu'il t'a déjà adopté.

Jazz tourne autour de moi, me donnant des petits coups de museau sur les jambes pour se faire gratouiller.

— Il est gentil vous savez, et ça serait vraiment triste de le savoir au refuge après avoir vécu durant trois années avec Marcus. Ce chien était tout pour lui, il l'avait accueilli suite au décès de son épouse, pour se remonter le moral.

— C'est une grande responsabilité, je travaille beaucoup.

— Je suis certain que les collègues seraient heureux d'avoir une mascotte. Pas vrai les gars ? chantonne Yann.

Ils acquiescent tous d'un signe de tête.

— En gros, je n'ai pas le choix, affirmé-je.

— Allez garde-le, tu en meurs d'envie.

— Qu'en dis-tu Jazz ? Tu viens à la maison ?

Le chien me lèche la main.

— Demain, je vous apporterai quelques affaires qui lui appartiennent, histoire qu'il ne perde pas ses repères, me propose l'homme.

— Merci, est-ce que vous êtes certain que ça ne dérange pas sa fille ?

— Bien au contraire, elle sera ravie de le savoir chez quelqu'un qui prendra soin de lui.

— D'accord.

Le voisin s'en va, le sourire aux lèvres, apparemment heureux d'avoir réussi à trouver une solution, ou à se débarrasser du clebs, qui sait ? J'ai donc un nouveau compagnon. Je n'ai pas eu d'animal de compagnie depuis mon enfance, c'est étrange de devoir s'occuper d'une petite chose qui compte sur nous. Je suis seul depuis cinq ans, sans engagement, et aujourd'hui j'adopte un chien. Au fond, je suis ravi, même si je ne veux pas l'avouer devant les collègues. Du changement ne me fera pas de mal.

— Ça vous dérange si je vous le laisse le temps de mon rendez-vous ? demandé-je à Yann.

— Mais non, t'inquiète, il va nous aider à laver le camion, répond-il en rigolant.

— Je repasse juste après.

J'enfourche ma moto et prends la direction du cabinet du docteur Hugo. Je suis impatient de lui raconter mes dernières avancées. Il me tarde d'avoir son opinion extérieure, de pouvoir démêler mes sentiments, mes flashs.

Son bureau est assez épuré, un style ancien que j'apprécie. Des meubles en bois brut, des diplômes accrochés au mur, beaucoup de livres, dont certains assez antiques. Je l'imagine bien chiner dans les brocantes le week-end. Aller déjeuner chez sa mère le dimanche. Lire un livre avec ses petites lunettes carrées, installé dans son fauteuil, le soir. Boire un bon verre de whisky après une journée de travail harassante. Je m'amuse à visualiser son quotidien. Il est très étrange de raconter sa vie à un autre être humain sans rien connaître de la sienne. Se confier et parler de ses secrets les plus enfouis, de ses peines, de ses doutes, de ses peurs, sans même savoir s'il est en couple, s'il a des enfants ou s'il possède une maison ou un appartement. J'aime imaginer tous ces détails, cela me rapproche de cet homme qui peut tout bouleverser dans mon existence.

— Bonjour, docteur.

— Bonjour, Adam, comment allez-vous aujourd'hui ?

— J'étais impatient de vous voir, à vrai dire.

— Ah oui ? Pour quelle raison ? demande-t-il en me faisant signe de m'installer dans le fauteuil.

— J'ai avancé. Enfin, je crois, et je voulais en discuter avec vous, pour tenter de démêler tout cela. Je n'y vois plus très clair.

— Alors, je vous écoute.

Je lui raconte mon flash pendant ma balade à moto avec Mathilde. Ces sentiments inexplicables qui me tiraillent et cette vidéo de notre maison que j'ai pu visionner. Avec une Allie lumineuse et épanouie. Une Allie qui fait battre mon cœur, même aujourd'hui, juste en l'évoquant. Son image me parvient à nouveau pour mon plus grand bonheur. Il me semble qu'elle est là, il me semble qu'elle est proche de moi.

— Très bien, ce sont de bonnes nouvelles.

— Vous croyez ?

— Eh bien oui. Vous n'aviez absolument aucun souvenir et voilà que maintenant les flashs, les rêves, les souvenirs se font de plus en plus intenses et de plus en plus complets. C'est une avancée appréciable.

— Mais comment être certain que tout est vrai ?

— Vous voulez mon avis ?

— Oui, dites-moi ce que vous en pensez.

— D'après ce que vous me racontez et d'après ce que je sais de votre traumatisme, je pense qu'ils sont réels. Jusqu'à présent, vous aviez paralysé vos souvenirs. Votre médecin a dû vous l'expliquer mieux que moi, mais votre cerveau a bloqué toutes ces informations en rapport avec le drame que vous avez vécu afin de vous protéger. Vous ne vouliez plus endurer cette souffrance et vous avez tout effacé.

— Comment est-ce possible… Je ne comprends toujours pas, même après tout ce temps.

— Il arrive qu'un événement soit tellement dramatique et choquant pour la personne qui le vit, que le cerveau réagit violemment et intensément. Et tant que vous n'êtes pas prêt à recouvrer la mémoire, tout reste dans un coin de votre tête.

— Alors ce n'est pas vraiment effacé ?

— Non, bien sûr que non. Vous n'avez aucune séquelle qui indiquerait une lésion quelconque. Tout est psychologique. Et il ne tient qu'à vous de tout comprendre.

— Vous pensez donc que je parviendrai à me souvenir de tout ?

— De tout ou du moins d'une partie. Vous savez, ce n'est pas une science exacte. Il n'y a aucune certitude, mais je crois que votre envie de découvrir la vérité, de retrouver votre passé va vous aider à prendre la bonne route. Et puis, si je ne m'abuse, le souvenir d'Allie pourrait parfaitement vous apporter une motivation supplémentaire.

— C'est incroyable docteur ce que je ressens pour cette femme sans même la connaître. Enfin, je ne me rappelle pas avoir vécu avec elle, mais lors de mes flashs, mes sentiments sont tellement puissants, c'est indescriptible.

— Je crois que vous êtes vraiment sur la bonne voie.

Je prends quelques secondes pour remettre mes pensées dans le bon ordre. Tout est chamboulé, j'ai envie de raconter plein de choses, de parler d'Allie, encore et encore. Je me sens galvanisé et terrorisé à la fois.

— Aujourd'hui, j'ai adopté un chien, dis-je de but en blanc.

— Ah oui ? s'étonne-t-il.

— Oui, je sais ce que vous allez me dire, moi qui ne voulais aucun engagement...

— Je n'ai rien dit de tel.

— Vous l'avez pensé si fort !

Un sourire étire le visage pourtant si sérieux du docteur.

— En réalité, nous sommes intervenus pour aider un homme, mais il était trop tard.

— C'est bien triste.

— Oui, et il avait un chien, sa fille ne peut pas s'en occuper. Alors, j'ai accepté de l'adopter. Je ne sais pas trop pourquoi, en fait.

— Parfois, il ne faut pas chercher à comprendre, vous en aviez envie, vous avez envie d'avancer. Peut-être, êtes-vous prêts à vous engager ?

— Peut-être.

— Et avec Mathilde ?

— Je ne sais pas trop. Elle est très gentille, et elle m'apporte beaucoup, mais ce n'est pas Allie. Et j'ai du mal à passer outre ces souvenirs.

— Je comprends. Je pense que vous n'avez jamais vraiment été en phase avec cette jeune fille. Il ne s'agissait que d'une relation vous permettant de ne rien ressentir, tout en vous sentant accompagné lorsque c'était nécessaire.

— C'est tout à fait ça.

À la fin de mon rendez-vous, je récupère Jazz et rentre à la maison, en empruntant un véhicule de la caserne. J'ai envie de me plonger à nouveau dans mes vieux cartons. Je me sens prêt à avancer dans ma quête de la vérité.

Je découvre des clichés extraordinaires dans l'une des plus grosses boîtes que je possède. Souvent en noir et blanc, mais parfois teintés de magnifiques couleurs. En feuilletant un autre album, je trouve des photos de moi. Au travail, dans un jardin, en train de courir, cuisinant, moi pensif. Je suis surpris. En revenant à la première page, je vois un petit mot.

« Mon art ne serait pas ce qu'il est, si je ne pouvais pas photographier l'être humain le plus formidable qui existe sur cette terre.

Mon amour pour toi me transcende chaque jour.

Ton amour pour moi me bouleverse et me pousse à me dépasser.

Merci de croire en moi, merci de croire en nous.

Je t'aime.

Allie »

Sans crier gare, les larmes coulent sur mes joues. Je dois m'asseoir à même le sol. Bouleversé par ces quelques lignes. Je feuillette à nouveau l'album. Toutes ces photos sont magnifiques. D'une qualité incroyable. J'ai envie de redevenir cet homme qu'Allie aime si intensément. J'ai envie de retrouver cette vie. Mais le drame a tout anéanti, comment regagner sa confiance, comment récupérer ma vie après ce qu'il s'est passé ? Me pardonnera-t-elle un jour ? J'en doute. Comment le pourrait-elle ? Ce qu'on m'a raconté, à propos de cette journée-là, est horrible. J'ai peur. Tellement peur d'avoir tout perdu définitivement.

Galvanisé par cette découverte, j'ouvre un autre carton. Cette fois-ci, il s'agit de clichés d'Allie, de documents et d'articles. Les photos sont signées de son nom. Elle semble avoir travaillé pour de grands magazines et avoir voyagé à travers le monde pour exercer son métier de photographe. En découvrant un cliché d'elle, tenant dans ses mains un diplôme de droit, un souvenir s'impose à moi. Nous sommes devant la fac. Je l'attends, assis sur un muret. Impatient. Allie arrive en courant, le sourire aux lèvres. Elle me montre son diplôme. Elle vient de valider son master 1. Après quatre ans de droit, elle a décidé de tout quitter, pour vivre de la photo, pour vivre de son rêve. Des bouts de conversation me reviennent. Elle a peur de tout plaquer, peur de la réaction de son père, peur de se tromper. Mais nous en avons longuement discuté, souvent le soir, tard, blottis l'un contre l'autre. Je veux qu'elle vive de la photo, je veux qu'elle vive de sa passion, je veux qu'elle se lance. Elle a fini par accepter de tenter l'aventure, mais nous avons convenu qu'elle validerait d'abord son diplôme. Et ce jour-là est le jour qui marque le début d'une nouvelle vie. Nous avons pris une photographie pour immortaliser ce moment.

Je garde la photo, tout contre moi. J'ai envie de la serrer dans mes bras. Envie de lui dire que je suis désolé. Envie de la retrouver. C'est incompréhensible, déroutant, et pourtant si tenace, ce besoin de la voir.

Je saisis l'album, cette photo d'Allie et les emmène dans le salon. Ils trouvent leur place sur le buffet. Je veux les avoir près de moi, chaque jour, pour m'aider à me rappeler mon histoire, de cet amour qui nous unissait, de cet amour qui me maintient en vie. J'ai l'impression de comprendre la souffrance que j'endure depuis cinq ans. Cette douleur que je m'impose comme punition, en m'obligeant à rester seul, isolé, sans amour, sans famille. J'ai perdu beaucoup de temps, il faut que je rectifie tout cela et que je fasse les bons choix. Mon avenir en dépend, tout comme le souvenir de mon passé.

Chapitre 14

Allie

Pas de brunch, nous sommes dimanche matin et je reviens de la piscine. Ma conversation avec Betty et mon petit plongeon dans le passé ont eu le mérite de bouleverser mon quotidien si tranquille. Je m'en veux presque d'avoir osé fouiner dans mes souvenirs. Pourquoi bousculer ce qui fonctionne ? Pourquoi m'imposer ce questionnement intérieur, ces doutes, alors que tout se passe bien dans ma vie ?

J'ai bien tenté d'oublier, de tirer un trait sur ces pensées. Essayé de les reléguer dans un coin de ma tête pour me libérer de ces interrogations, mais rien n'y fait, je ne parviens pas à les mettre de côté. Plus les jours défilent et plus je m'éloigne de Maxime. Peut-être en a-t-il toujours été ainsi, mais je n'en ai jamais eu conscience. Aujourd'hui, je comprends. Je comprends que nous ne partageons rien en dehors du travail. Notre quotidien n'est rythmé que par les dossiers et les réunions. Maxime est le portrait craché de mon père, ils passent tellement de temps ensemble que mon époux commence à reproduire ses mimiques. Bizarre...

— C'était délicieux, Allie.

— Merci.

— Tu sembles pensive, dit mon mari en s'essuyant la bouche.

— Je me pose beaucoup de questions ces derniers temps.

— À propos de quoi ? Si c'est pour le voyage, je te promets qu'on partira dès que possible, mais là ce n'est pas le bon moment.

— Ce n'est jamais le bon moment, et tu sais bien que ça ne le sera jamais. Il y aura toujours un client, un dossier, un rendez-vous, une réunion.

— C'est le prix à payer pour devenir associé.

— Et perdre ta femme ne t'inquiète-t-il pas ?

Je me mords la lèvre d'avoir osé prononcer ces mots sans réfléchir.

— Pardon ? s'étonne-t-il en me fixant.

— Je n'ai rien dit.

— Allie, tu es malheureuse à ce point ?

— Ce n'est pas ça, mais on ne fait plus rien ensemble. On ne se parle plus ou alors seulement de boulot. J'ai envie de plus.

— Je pensais que cette vie te convenait.

— C'était le cas, enfin je crois. Mais aujourd'hui, ça ne me convient plus.

— D'accord, alors que peut-on faire ?

— Tu veux vraiment qu'on trouve des solutions ?

Je m'étonne du ton calme et attendrissant qu'il emploie. Il semble sincère.

— Bien sûr, tu es ma femme. Et même si je ne sais pas te le montrer, je t'aime, je ne veux pas te perdre.

Je suis touchée et surprise. Maxime n'est pas du genre à dévoiler ses sentiments. Il ne m'a pas dit « je t'aime », depuis des mois.

— J'ai envie qu'on passe du temps ensemble, qu'on se retrouve, et je vais peut-être même reprendre la photo.

— D'accord, ce sont de bonnes idées. Écoute, je vais parler à ton père, je vais voir s'il peut me libérer trois ou quatre jours, on partira tous les deux.

— C'est vrai ?

Je suis excitée comme une enfant.

— Oui, je sais que tu préférerais partir plus longtemps, mais je trouve que c'est un bon compromis.

— Je suis d'accord, c'est génial. Je suis si heureuse, dis-je en me levant pour aller l'embrasser.

— On a qu'à prévoir ça le premier week-end d'avril, il commencera à faire beau.

— Je vais, de ce pas, regarder les sites de voyage, dis-je en courant vers mon ordinateur.

Maxime et moi avons discuté, nous ne l'avons pas fait depuis longtemps. Il m'a écoutée, sans mail, sans SMS, sans répondeur, sans appel, sans rien. Juste lui et moi. Est-ce positif ? Je ne le sais pas, mais aujourd'hui, je suis ravie de cette petite avancée.

***

— Et il t'a dit qu'il était d'accord ?

— Oui Tatie, d'accord pour le voyage et pour la photo.

— Eh bien, je suis surprise.

Betty et moi sommes installées dans mon salon. Comme souvent le samedi, Maxime est au cabinet.

— Moi aussi, si tu savais comme je suis heureuse. Je vais pouvoir partir quelques jours avec mon mari, comme avant. Je crois que ça va nous faire le plus grand bien, dis-je en lui reservant du café.

— J'espère que vous allez réussir à vous retrouver.

— Tu n'as pas l'air convaincue.

— Ce n'est pas ça, ma chérie, c'est simplement que... s'interrompt-elle en piochant dans l'assiette à cookies.

— Dis-moi, je t'écoute.

— Je ne suis pas certaine que ça suffise à sauver votre histoire. Vous êtes tellement différents l'un de l'autre.

— Je dois essayer.

— Je comprends. Et pour la photo alors ?

— Alors, je ne sais pas trop ce que ça va donner, mais me replonger dans ces vieux cartons, c'était magique.

— Je te l'avais dit !

— Et tu avais complètement raison.

— Comme toujours !

Elle arbore un immense sourire. Je ne peux qu'avouer qu'elle avait raison, enfin cette fois-ci...

— J'étais si heureuse de pratiquer la photo. Ça me manque.

— Ma puce, si on m'enlevait la peinture, ce serait comme perdre une partie de moi. Je ne serais plus Betty. Et je pense que pour toi, c'est pareil. Tu n'es pas toi, tant que tu n'as pas un appareil à la main.

— Je ne sais pas si je vais réussir à retrouver mes réflexes.

— Bien sûr que oui, tu as un don, tu es faite pour ça. Laisse-toi porter. Prends un appareil et va te balader, photographie tout ce que tu vois, le reste viendra tout seul.

— Oh, ma Betty, tu es vraiment obligée de repartir ? dis-je en saisissant sa main.

— Eh oui, tu sais, je ne peux pas séjourner chez mon frère éternellement, nous allons nous entretuer. Et puis, j'aime trop voyager et peindre. C'est ça ma vie.

— Une vie de liberté, sans attache, tu ne te sens pas seule ?

— Ça m'arrive oui. Surtout que tu me manques quand tu n'es pas là. Et au risque de te choquer... – elle hésite — Adam aussi me manque.

— Il me manque aussi... parfois.

— Ce n'est pas mal, tu sais. Tu as le droit de ressentir tout cela. Je l'aimais beaucoup, il était comme un fils, tout comme je te considère comme ma fille. Je n'ai jamais eu d'enfant, mais vous deux, vous étiez ma famille. Je suis si triste de tout ce qui s'est produit.

— Est-ce que je te ressers du café ?

Je vois à son expression que Betty comprend mon intention de changer de sujet. Elle n'insiste pas, tout en acquiesçant pour que je remplisse sa tasse.

Cette famille dont elle parle est loin, très loin, enfouie dans les méandres du passé. Noyée sous la peine, les regrets, les déceptions et une souffrance intense. Car même si le temps fait son œuvre et soigne quelques plaies, la douleur demeure, au fond de mon cœur. Elle ne disparaîtra jamais, je le sais.

***

Vers 20 h, Maxime rentre du travail, ravi. Il semble avoir passé une bonne journée.

— Ça va, mon chéri ?

— Oui, et toi ?

— Oui, regarde ce que j'ai sorti du grenier.

— Ouah, un vieil appareil photo ! ironise-t-il.

— Pas si vieux que ça, mais je l'aimais beaucoup.

— Il fonctionne toujours ?

— Apparemment, mais je ne l'ai pas encore vraiment testé, je comptais le dépoussiérer un peu en prévision de notre voyage.

— Notre voyage ?

— Début avril, tu te rappelles ? Notre week-end en amoureux...

— Ça ne va pas être possible.

— Pardon ? m'étranglé-je.

— Je vais avoir du boulot au cabinet.

— Mais tu m'avais promis.

— Il y a eu du changement aujourd'hui, ce n'était pas prévu.

— Du changement, quel changement ?

— Vincent prend un congé paternité.

— Vincent ? En quoi est-ce que cela nous concerne ?

— Je vais devoir récupérer une partie de ses dossiers en son absence.

— Tu plaisantes ? Personne d'autre ne peut te remplacer ? Papa, Diane ou Pascal ?

— Charles s'occupera de l'autre partie des clients. Estime-toi heureuse, je t'ai évité le reste.

— Pardon ?

— J'ai expliqué à ton père que tu avais besoin de souffler, que tu avais envie de reprendre la photo.

— Pourquoi est-ce que tu lui as dit ? Je ne comptais pas lui en parler.

— Oh excuse-moi, je ne savais pas que c'était un secret, lance-t-il en jetant sa veste et sa cravate sur le lit. Je voulais bien faire pour qu'il te laisse tes week-ends.

Cela part d'une bonne intention, je dois me calmer. Maxime ne pensait pas à mal.

— Comment a-t-il réagi ?

— Il a été surpris, il m'a dit qu'il ne fallait pas que ça recommence, comme la dernière fois.

— Ça ne m'étonne pas.

— Je lui ai expliqué que tu souhaitais juste te détendre en faisant quelque chose que tu aimes après le travail. Ne t'inquiète pas.

— Merci.

Mon cœur reprend un rythme normal. La réaction de mon père m'angoisse au plus haut point. Nos souvenirs communs ne sont pas des plus réjouissants concernant la photo.

— Et pour notre voyage ?

— Je suis désolé, on va le reporter. Quand Vincent reviendra, on pourra refaire ce projet ensemble. Tu te rends compte ? Mais quel crétin !

— Pourquoi ?

— Il voulait devenir associé comme moi. On travaille depuis des mois, voire des années, pour monter dans le cabinet et voilà que monsieur prend un congé paternité.

— Il avait peut-être envie de profiter de sa fille, c'est tout à son honneur.

— Tu plaisantes ? Une grosse erreur, il ne sera jamais promu associé. Ton père exige des collaborateurs disponibles à 100 %. Il vient de se tirer une balle dans le pied.

— Je trouve qu'il a fait le bon choix. Sa famille passe avant le travail, il a tout compris.

— C'est un reproche ? Non parce que nous étions d'accord, nous ne voulons pas d'enfant ni l'un ni l'autre.

— Je sais, je n'ai pas changé d'avis.

— Tu me rassures, dit-il en m'embrassant sur le front. Je vais me doucher.

Je me laisse tomber sur le lit. Maxime allume la radio et ferme la porte de la salle d'eau. Il est vrai que nous avons toujours dit que nous ne voulions pas d'enfant. C'est facile ainsi. Juste lui et moi. Personnellement, ça me convient, enfin je crois. Pour Maxime, c'est une évidence, pas de frein à sa carrière.

Cette discussion me paraît tellement familière. Je me remets à penser à la première fois que nous avons parlé bébé avec Adam. Cela semble lointain, quelque peu brumeux, je dois l'avouer. Je venais de me lancer dans la photographie, ça ne marchait pas encore super bien. J'en étais aux balbutiements, tentant de me faire connaître et d'inscrire des noms sur mon carnet d'adresses. Un soir, tandis que j'avais passé une mauvaise journée, me demandant si j'avais fait le bon choix, en plaquant tout, en tirant un trait sur une carrière prometteuse et toute tracée, Adam a lâché le sujet « bébé ». Une hérésie à mon sens. Comment concevoir un enfant dans ces conditions incertaines ? Bien sûr, il a insisté sur le fait qu'il avait un métier et que son salaire pouvait combler le mien qui se faisait attendre. Mais je ne me sentais pas prête. Je n'avais que 22 ans. Sans avenir professionnel sûr, sans le soutien de mes parents. Il m'a prise dans ses bras, en me disant qu'il n'y a jamais de bon moment pour cela. Qu'il y aura toujours une peur, un autre projet, du travail, un manque d'argent. On pouvait trouver mille excuses, mais finalement, aucune n'était valable, car nous avions un joli appartement, un salaire fixe, quelques bénéfices grâce à la photo et plein d'amour à donner. Il m'a presque convaincue, mais ma raison a repris le dessus et je lui ai promis d'y réfléchir, préférant esquiver la discussion et remettre les choses à plus tard. Et j'ai réussi, puisque pendant plusieurs mois, Adam a respecté mon choix, il n'en a plus reparlé.

Après coup, je me rends compte à quel point mes raisons étaient mauvaises. J'avais probablement peur, comme toute femme, de sauter le pas. C'était un gros engagement, une grande responsabilité et je me sentais comme une adolescente. J'avais déjà déçu mes parents en me lançant dans la photographie, je ne voulais pas leur donner des motifs de me reprocher encore plus de choses.

Aujourd'hui, la question ne se pose plus. Maxime et moi avons un accord. Et je comprends alors que nous ne serons que deux pendant les trente ou quarante prochaines années. Juste lui et moi. Et le travail.

Est-ce que ça me suffira ? Je commence à en douter. Ce silence est pesant. Ce qui m'apaisait avant, devient oppressant, à présent...

Chapitre 15

Adam

La journée commence, en douceur, avec un jogging, accompagné de Jazz. Ce chien a besoin de faire de l'exercice, c'est évident. J'ai donc entrepris de l'emmener un peu partout avec moi. Le voisin de Marcus est passé déposer des affaires à la caserne. On peut dire que Jazz était gâté, des jouets, deux paniers, des peluches, des os, des gamelles, deux laisses, deux colliers, il y a tout ce qu'il faut. Parfois, il pleure devant la porte, signe que son maître doit lui manquer, mais il s'habitue plutôt bien à sa vie avec moi. Je crois qu'au fond, nous avons accroché lui et moi. C'est étrange tout ce que peut apporter un animal de compagnie. Il semble nous apaiser, nous réconforter, nous écouter, nous comprendre et pourtant il ne parle pas. Il communique à sa façon, avec ses yeux, avec son comportement. Je me suis attaché à ce chien en quelques jours à peine, il fait partie de mon quotidien et je me surprends à le chercher du regard lorsque je le perds de vue. Gabriel est aussi aux anges. Il adore les animaux et se fait un plaisir de venir le gâter en cachette. D'ailleurs, tous les habitants du village l'ont adopté. Je suis heureux d'avoir été poussé à le prendre chez moi, ça a été une décision importante, la bonne décision, un cap à franchir. Je me sens prêt à renouer avec la notion d'engagement. Et tout ça, à cause d'une bête poilue... La vie est parfois surprenante !

— Salut Jazz, salut Adam.

— Salut.

— Alors, tu t'habitues au chien ?

— Oui, un vrai bonheur, je ne regrette pas. Ça fait du bien d'avoir quelqu'un à la maison.

— Tu vois, on avait raison.

— C'est clair, pour une fois.

Éric me bouscule en signe de mécontentement.

— J'ai un truc à te dire.

— Ah oui ? Ouhla, ça m'a l'air sérieux. Tout va bien ?

Éric a le crâne rasé depuis de nombreuses années, il a essayé de cacher sa calvitie naissante, en vain. Il a alors décidé de tout faire disparaître. Cela lui donne un air très sympathique depuis qu'il a de bonnes joues rebondies. Il a une forte tendance à s'empiffrer de bonbons et de biscuits avec ses filles. Il tente bien de faire attention, mais il a toujours été très gourmand. Il est un peu plus petit que moi. Ses yeux marron respirent la gentillesse et le bonheur. Même si aujourd'hui, son regard se fait plus grave.

— On est allés chez le médecin avec Lucile.

— Qu'est-ce qu'il se passe ?

La sirène nous interrompt.

— Intervention les gars, accident de la circulation. Apparemment, il y a des victimes, nous précise Yann.

Nous partons sur les chapeaux de roue. Dans ce genre de cas, les minutes peuvent être précieuses. Nous espérons toujours que la casse ne sera que matérielle. Malheureusement, il arrive, un peu trop souvent, que les conséquences soient plus dramatiques. Sur le trajet, nous tentons d'obtenir un maximum d'informations, nous préparons le matériel, mais surtout nous nous préparons mentalement, car chaque intervention peut nous plonger dans l'horreur la plus totale. Et même si le côté professionnel prend le dessus, nous sommes humains. Et après coup, les images peuvent nous hanter. Des larmes, du sang, des cris, de la douleur, de la peur. Ces moments peuvent envahir nos jours comme nos nuits, nous devons être prêts à affronter le pire.

Sur place, nos craintes s'avèrent exactes. Deux voitures impliquées, ainsi qu'une moto. L'un des conducteurs est décédé sur le coup, nous n'avons rien pu faire en arrivant. Son épouse, inconsciente, présente des signes d'hémorragie interne. Le second véhicule est amoché. Un enfant est toujours coincé à l'intérieur, son frère a été éjecté. Les parents sont dans un état grave, mais vivants. Le motard a eu beaucoup de chance malgré la violence du choc. Un miracle, il ne souffre « que » de multiples fractures ainsi que de contusions et d'un traumatisme crânien.

Nous avons dû rester pendant plusieurs heures sur les lieux. Des collègues ont emmené les victimes vers l'hôpital le plus proche tandis que nous tentions d'extraire l'enfant de la seconde voiture. Cela nous a pris du temps. Il ne faut pas se précipiter dans ce genre de cas. Le petit garçon semblait en bonne santé, mais il était terrorisé. Cela se comprenait. En plus du choc de l'accident, il avait vu ses parents, couverts de sang, partir avec les secours. Il s'était mis en tête qu'ils étaient décédés alors les larmes ne cessaient de couler sur ses joues. Il tentait d'être courageux, je le voyais bien, je l'ai rassuré du mieux possible. Je suis resté près de lui jusqu'à qu'on puisse l'extraire de la voiture. Au final, à part ses jambes cassées, il s'en sort bien.

L'après-midi est passé en un éclair. Intervenir sur ce genre d'accident nous rappelle à quel point la vie est courte et à quel point tout peut basculer en une fraction de seconde.

Jazz nous attend sagement à la caserne. Il a retourné le panier que nous lui avons installé et a pris pour cible les baskets d'un collègue qui n'a pas eu le temps de les ranger. Tant pis, je lui paierai une nouvelle paire. Mon compagnon me fait des fêtes. Cela me redonne le sourire. Il me fait du bien, à sa manière. Un petit bonheur sur pattes.

— Sinon, tu devais me dire un truc ? demandé-je à Éric en m'asseyant sur le canapé de la salle de repos.

— Oui, c'est vrai.

— Ça ne va pas ?

— Non, c'est rien, quand il y a des gamins, ça me fait toujours quelque chose.

— Mais ils vont bien, c'est l'essentiel.

— Je sais, je sais.

— Alors Lucile, que lui arrive-t-il ? Pourquoi êtes-vous allés chez le médecin ?

— Elle va bien. Je me demandais si tu avais encore de la place dans ton petit cœur de célibataire endurci ?

— Endurci, endurci... regarde, j'ai adopté un chien, plaisanté-je.

— Et avoir une responsabilité en plus te plairait ?

— Tu as un autre chien à me refourguer ? lancé-je, toujours taquin.

— Moins poilu, plus bruyant, mais bien plus mignon.

— Non ?

— Si !

— Mais c'est génial, crié-je en me levant pour le serrer dans mes bras. C'est pour quand ?

— Dans six mois.

— Mais pourquoi tu ne me l'as pas dit avant ?

— On attendait d'avoir passé le cap des trois mois, on ne sait jamais, on est un peu superstitieux pour ce genre de chose.

— C'est vrai que tu m'as fait le coup pour les trois premières.

— Un quatrième, je n'en reviens pas.

— Ce n'était pas prévu ?

— Pas vraiment, mais bon, on a de l'amour pour trois, on en aura pour quatre.

— Je n'en doute pas. Ce bébé aura une chance folle d'atterrir dans cette famille. Un petit gars pour changer, ce serait bien, non ?

— Je crois que nous n'avons que des chromosomes X en réserve, ironise-t-il. Mais j'aimerais bien, c'est vrai.

Je m'installe à nouveau dans le canapé, prêt à dégainer mon téléphone pour féliciter Lucile.

— Et sinon ?

— Je lève le nez de mon écran, attendant la suite.

— Étant donné que tu as dit oui pour les trois... je me demandais si...

— Depuis quand tu prends des gants avec moi, mon pote ? Tu sais bien que ce sera oui, même si tu en fais dix des bébés.

Éric éclate de rire. Je lis le soulagement sur son visage. Devenir parrain ne me dérange pas. Au fond, j'adore ce rôle. Ses filles sont tellement extra. Ils sont ma famille depuis bien longtemps. Je me sens moins seul grâce à eux.

— Et Lucile, elle est contente ?

— Ravie, même si elle a un petit peu peur d'être fatiguée avec les trois autres. Mais, on va y arriver, il n'y a pas de raison.

— Mais oui, et puis vous m'appelez si besoin. Tu sais bien que je serai toujours là pour vous cinq, bientôt six.

— Merci, dit-il en me tapant sur l'épaule. Je vais chercher un truc à manger, tu veux quelque chose ?

— Non, c'est bon. J'ai fini mon service.

Éric s'éloigne. Je reste figé devant mon téléphone, faisant défiler les photos de sa famille. J'apparais sur de nombreux clichés. Ses filles sont si souriantes et lumineuses. Je comprends parfaitement pourquoi il apprécie tant d'être papa. Comment ne pas aimer ces gamines ?

Le lendemain matin, je suis toujours sous le coup de l'émotion. Je ne sais pas vraiment pourquoi. Je suis ravi pour eux, mais je n'arrive pas à saisir pour quelle raison je suis si touché, si ému par cette nouvelle. J'ai déjà assisté à trois naissances, j'ai vu grandir ses filles et jamais je n'ai été à ce point bouleversé. Mais aujourd'hui, quelque chose a changé. Est-ce parce que je ressens le besoin de m'engager à nouveau ? Est-ce que je me pose des questions sur mon avenir ? Sur le fait d'avoir un enfant ? J'ignore ce qu'il m'arrive. Je n'ai pas le temps de tergiverser davantage, on sonne à la porte.

J'ouvre, surpris.

— Mathilde, salut. Qu'est-ce que tu fais là ?

— J'avais envie de te voir, tu ne m'appelles plus... dit-elle en passant devant moi pour se rendre dans le salon.

— Euh oui, j'ai plein de choses à faire en ce moment.

— Oh malheur, tu as un chien ! s'exclame-t-elle en tentant d'éviter Jazz qui lui saute dessus.

J'attrape son collier et le tire en arrière.

— Oui, je l'ai adopté tout récemment. Tu veux un café ?

— Non, merci. J'avais une autre idée en tête, si tu vois ce que je veux dire.

Elle retire sa veste et la dépose sur le canapé. Elle porte une robe en laine blanche, très près du corps. Un corps parfait, svelte et élancé. Des collants noirs, des bottes en cuir et un joli petit bonnet torsadé.

— Je suis désolé, mais je suis un peu occupé, aujourd'hui.

— Pardon ? s'étonne-t-elle.

— Oui, je n'ai pas le temps.

— Qu'est-ce qu'il se passe ? Tu ne refuses jamais une partie de jambes en l'air, surtout pas en pleine journée.

— Je n'en ai pas envie, voilà tout.

— Tu es malade ? demande-t-elle en venant toucher mon front.

— Pas du tout, m'esclaffé-je. Je crois juste que tout cela ne me convient plus, dis-je en relâchant Jazz qui repart vers son panier.

— C'est-à-dire ?

— Je t'aime beaucoup, mais le sexe sans relation sérieuse, j'en ai fait le tour.

— Depuis que je te connais, je ne t'ai jamais entendu parler comme ça.

— Je suis désolé. Franchement, on a passé de super moments, mais j'ai des choses à tirer au clair et j'ai envie de construire un avenir différent.

— Tu es vraiment certain de ne pas vouloir tenter le diable, une dernière fois ? Pour se dire au revoir...

— Je ne préfère pas.

— Comme tu veux, répond-elle.

Je sens qu'elle est vexée, peut-être un peu triste aussi, mais elle ne le montre pas. Digne, souriante. Mathilde n'est pas le genre de fille à faire une crise, à se donner en spectacle, elle a de l'orgueil, mais surtout, elle a bon fond.

— Je me doutais qu'un jour, tu te rappellerais d'elle. Tu ne l'as jamais oubliée. Ça ne s'efface pas un amour comme ça.

— Tu savais ?

— Oui, les femmes sentent ces choses-là. Au fond tu étais pris. C'est pour cette raison que tu souhaitais que nous ne partagions que du sexe. Et ça me convenait, je te rassure, je suis bien trop jeune pour m'engager. Mais je crois qu'il faut que tu la retrouves, c'est elle la bonne.

— C'est compliqué.

— Je ne connais pas tous les détails. Mais, tu ne pourras jamais passer à autre chose ou avancer si tu n'as pas tenté ta chance. Et qui sait ? Peut-être que ça marchera.

— Merci, Mathilde, d'être si compréhensive.

— Appelle-moi si jamais tu changes d'avis.

Elle m'embrasse sur la joue, reprend sa veste et quitte la maison. Cela me fait quelque chose. Je tire un trait sur une « relation » qui dure depuis un moment. Je me sens libéré d'un poids. Prêt à affronter l'avenir, avec l'envie de tout reconstruire, de tout comprendre, d'avancer, avec cette fois-ci, toutes les cartes en main et une mémoire opérationnelle. Car sans ces éléments du passé qui me manquent, il me sera difficile de prendre les bonnes décisions et d'agir en conséquence.

Chapitre 16

Adam

Après avoir terminé ma table basse. Soit dit en passant, elle est vraiment réussie. Sans me vanter, bien sûr et en toute humilité... Je prends une douche afin de faire le point sur ma vie, mes pensées, mes souvenirs. J'ai avancé ces dernières semaines, il faut l'avouer. Des images d'Allie qui me rappellent à quel point elle comptait pour moi, à quel point je l'ai aimée. Des flashs de notre histoire, de moments de complicité et de bonheur. Des objets m'évoquant sa passion pour la photographie, nos projets, notre passé. J'ai aussi « rompu » avec Mathilde et noué des liens étroits avec un animal. Et quoi qu'on en dise, pour moi c'est un grand pas. Je me sens à nouveau vivant. Je vibre pour la vie, comme je ne l'ai plus fait depuis longtemps. J'étais, quelque peu, coupé de la réalité, des relations humaines et de l'avenir.

En m'asseyant sur le lit, je me mets à penser à mon quotidien avec Allie. Je n'ai eu que quelques bribes de souvenirs, mais je m'y accroche, tentant parfois de forcer ma mémoire à revenir. Mais ça ne marche pas comme cela, ce serait bien trop facile. Tout a été enfoui si profondément, pendant si longtemps. Sur simple décision de ma part, sur simple claquement de doigts, tout ne peut pas réapparaître. Malgré tout, j'espère que cette envie de relancer ma mémoire, cette envie de réassembler les morceaux éclatés de mon passé, ce souhait de reconstituer ce puzzle de ma vie, va m'aider à avancer. J'attends impatiemment le jour où je parviendrai à me retrouver. Moi. Entièrement.

Je me rappelle une discussion que j'ai eue avec le docteur Hugo, quelques jours auparavant.

— Je ne comprends pas. Pourquoi est-ce que ça ne va pas plus vite ?

— Le cerveau est complexe, Adam. Surtout qu'il s'agit d'un blocage psychologique et non physique.

— Mais je ne suis plus bloqué, j'ai envie de savoir, ça devrait suffire, non ?

— En êtes-vous certain ?

— Que voulez-vous dire ?

Le médecin prend un air grave. Il délaisse son calepin et pose ses avant-bras sur ses genoux.

— Écoutez, nous avons ignoré le sujet jusqu'à présent, pour une raison précise, afin de laisser votre subconscient agir seul, afin de vous laisser le temps d'avancer à votre rythme, sans forcer les choses, sans provoquer de souvenirs qui auraient pu s'avérer erronés. Mais aujourd'hui, la question doit se poser.

— Quelle question, docteur ?

— Je vous crois quand vous me dîtes que vous souhaitez retrouver la mémoire, mais le drame, y pensez-vous ?

— Oui, je ne vous le cache pas.

— Adam, je vais être franc, vous avez fait des progrès exceptionnels après tant d'années d'amnésie, mais je suis certain que c'est votre peur de retrouver vos souvenirs de ce jour-là qui bloque votre mémoire.

Je demeure silencieux. Je sais qu'au fond, il a raison. J'ai tenté, en vain, de ne penser qu'à Allie, à notre vie, à notre passé, pour me forcer à recouvrer les souvenirs positifs de notre existence ensemble. Mais je ne peux le nier, le drame existe. J'en ai payé le prix, on m'en a parlé, je sais tout ce qui est arrivé. Et je ne veux pas me rappeler ce jour-là. Je ne suis pas certain de supporter la douleur relative à ce que j'ai infligé à Allie. Je l'ai détruite. Je me souviens de son visage après ma perte de mémoire. Cette douleur dans ses yeux, cette haine envers moi. Elle n'était plus celle que je retrouve dans mes souvenirs depuis des semaines. Je l'ai perdue, car je l'ai fait souffrir, plus que de raison. J'ai commis l'irréparable. Mais je ne m'en souviens plus. C'est horrible d'avoir conscience du fait qu'on a détruit sa famille, sa vie, sans se rappeler pour quelle raison. Oh bien sûr, je le sais, mais dans mon esprit, je n'ai rien fait, je n'ai pas perpétré ces actes, ce n'est pas moi. Ça ne fait pas partie de moi. Il me semble que l'on parle de quelqu'un d'autre, d'un étranger, de quelqu'un que je ne connais pas.

— Je crois que vous avez raison, docteur. On m'a raconté ce que j'ai fait, je ne me reconnais pas dans ces paroles. C'est tellement loin de la personne que je suis. Comment ai-je pu agir ainsi ? Je n'ai pas envie de découvrir cette facette de moi, je n'ai pas envie de me découvrir ignoble et détesté de tous.

— Adam, ce que vous avez fait est peut-être horrible à vos yeux ou à ceux d'Allie. Pour moi, ce n'est pas le cas, c'est un accident. Vous avez souffert, tellement souffert, que votre cerveau a voulu vous protéger. Et puis vous avez repris votre vie. Mais c'est à vous de voir. Si vous continuez à être effrayé par ce que vous allez découvrir, vous ne vous retrouverez jamais totalement. Peut-être serez-vous heureux ainsi, dans cette nouvelle existence, sans connaître votre passé. C'est possible. Certaines personnes ne recouvrent jamais la mémoire. Mais dans le cas contraire, vous devez vous préparer à souffrir, vous allez vous réapproprier vos émotions, vous allez vous rappeler cet événement, vous allez devoir affronter ce drame.

— Je le sais. Ce qui me fait peur, c'est que je ne pourrai pas revenir en arrière. Et si la solution était de ne jamais me rappeler et de vivre avec celui que je suis aujourd'hui ?

— Je ne peux pas le décider pour vous. La question est, supporterez-vous aussi de tirer un trait sur vos souvenirs avec Allie ? J'ai vu votre visage s'illuminer lorsque vous parliez d'elle. Ce que vous ressentez est réel.

— J'aimerais tellement que cet acte n'ait jamais eu lieu. Retrouver la femme que j'aimais et recommencer à zéro.

— Je sais, mais malheureusement on ne réécrit pas le passé, Adam, on doit l'accepter et vivre avec.

— Parfois, je me dis que c'est une chance d'avoir oublié. On n'est jamais protégés de la douleur, de la perte des êtres chers, de la mort, de la maladie. Et j'ai eu cette possibilité. Je ne devrais pas me montrer si peu reconnaissant, vous ne trouvez pas ?

— Ce que je peux affirmer, c'est que vous avez le choix et vous avez le droit de chercher à appréhender qui vous êtes, ce que vous avez fait pendant ces huit ans et ce qui vous est arrivé. C'est votre vie. On avance en apprenant de ses erreurs, on accepte ses actes, on se pardonne. Peut-être devriez-vous vous pardonner pour cet accident...

— J'aimerais tellement, mais comment faire ?

— Adam, ne soyez pas si dur avec vous-même. Je comprends, croyez-moi, j'ai aussi une femme, une famille, mais vous n'êtes pas une mauvaise personne, je vous assure, vous avez juste commis une erreur, terrible soit, mais une erreur, comme chaque être humain peut en commettre. Pardonnez-vous.

Lorsque je suis sorti de ce rendez-vous, j'étais chamboulé, bouleversé. Les mots prononcés par le docteur Hugo ont eu le mérite de me faire réfléchir, mais surtout de me toucher au plus profond de mon être. J'ai mis plusieurs jours à m'en remettre. Je me dois de retrouver celui que j'étais en acceptant mes failles, mes regrets, mes douleurs, mes actes, mes erreurs. Je me sens incomplet depuis cinq ans. Et surtout, je veux pouvoir parler à Allie, lui dire que je me rappelle, lui demander pardon, lui dire que je suis désolé. Je n'ai jamais rien exprimé, elle a vécu avec cette souffrance incommensurable sans pouvoir déverser sa colère sur moi qui n'étais plus que l'ombre de moi-même. Un fantôme, une nouvelle personne, vierge de tout méfait. Elle a dû affronter cette peine, seule, elle a tout perdu. Je n'ose imaginer à quel point elle doit me haïr, à quel point elle doit me maudire.

Je suis allongé sur mon lit, observant la commode en face de moi. Je regarde les détails, le bois, les poignées, les marques d'usure. J'ai une sensation étrange. Un frisson me parcourt. Je m'assois pour la regarder avec un peu plus d'attention. Je suis intrigué. Au bout de quelques secondes, l'image d'une commode grise me revient à l'esprit. Elle est différente de celle-ci, avec des caisses de vin en guise de tiroirs. Je pousse un peu plus loin ma mémoire, je veux aller au bout de cette impression. J'étais en train de me préparer. Mon jogging terminé, j'avais pris une douche et je m'apprêtais à rejoindre Allie dans le salon. J'ai ouvert le second tiroir et je les ai vues, ces petites chaussettes blanches. J'ai été surpris. Côte à côte, bien droites. Je les ai saisies, délicatement, comme si elles étaient fragiles alors qu'il n'en était rien. Mes yeux se sont posés sur une enveloppe. Je l'ai prise. Une carte était glissée à l'intérieur. Une photo en noir et blanc de son ventre était en première page. Lorsque je l'ai ouverte, j'ai découvert ce mot écrit de sa main :

« Mon amour,

Aujourd'hui est une journée particulière, mémorable. L'une de ces journées qui bouleversent une vie. À cet instant, nous devons prendre une grande inspiration pour nous lancer ensemble dans une nouvelle aventure extraordinaire, sans pour autant avoir les clés pour l'aborder sereinement. Car ce chamboulement sera l'un des plus importants de notre existence. Nous allons avoir un enfant. Un petit être grandit en moi, en ce moment même. Et j'espère que tu accueilleras cette nouvelle avec toute la joie et tout l'amour que j'ai ressentis en le découvrant.

Je suis heureuse de pouvoir fonder une famille avec l'homme le plus merveilleux qui existe, un homme que j'aime plus que tout et qui m'apporte chaque jour confiance, respect et tendresse.

Je t'aime,

Allie »

Je suis abasourdi. Ce souvenir m'a percuté de plein fouet, comme souvent lorsqu'ils sont remplis d'émotions. On m'a parlé de cet enfant, mais rien ne me raccroche à ce bout de ma vie. Je ne ressentais rien, je ne les connaissais pas, ni ce bébé, ni Allie. Ils n'étaient que des étrangers.

Mais à présent, je me souviens. Je me souviens de cette sensation de bonheur immense, d'amour, d'excitation et d'appréhension. J'ai dévalé les marches pour serrer Allie dans mes bras, les larmes aux yeux. Elle m'a imploré de ne pas la secouer dans tous les sens, maintenant qu'elle portait la vie en elle. Je lui ai demandé si elle se sentait prête, elle qui ne voulait pas d'enfant, un an auparavant. Elle m'a répondu que c'était le bon moment puisque c'était arrivé et qu'elle était heureuse.

« *Un bébé* » murmuré-je.

Je me rappelle enfin de ce bébé, de sa grossesse. Je me souviens de ses envies, ses maux de tête, ses peurs, ses changements d'humeur. Je me rappelle certains éléments de ce bout de vie qui a pourtant duré sept mois. Nous avons préparé son arrivée avec entrain, nous étions épanouis, sur notre petit nuage. Éric en avait été de ses conseils, lui qui avait déjà goûté à la paternité.

Comment ai-je pu oublier notre enfant ? Je me sens dépassé par tout cela. Dépassé par mes émotions, par mes craintes de voir le passé ressurgir, dépassé par ce que je vais découvrir. J'ai envie de tout abandonner, de tout laisser tomber. Je ne veux pas affronter ma peine, je ne veux plus connaître la vérité, je ne désire plus me confronter à ce passé qui a bouleversé mon avenir. Je souhaite oublier et me replonger dans ce présent simple, protecteur et loin de tout sentiment. Pour la première fois, je veux faire marche arrière. Je suis terrorisé, car la vérité est toute proche, je le sais et je ne me sens pas capable d'y faire face.

La suite de ma journée se déroule à l'extérieur de la maison. Je suis parti courir, j'ai coupé du bois pour la cheminée, j'ai bricolé dans mon garage sans avoir de projet fixe en tête. J'ai fait un tour de moto. Tout pour oublier. Je ne veux pas affronter ma propre mémoire, je veux faire l'autruche à nouveau. Je termine mon après-midi accoudé au bar du village. Je ne suis pas prêt à rejoindre mes cauchemars.

Chapitre 17

Allie

— Pourquoi as-tu l'air si déçue ?

— Maxime a annulé notre escapade romantique.

— Comment ça ? Pourquoi ?

— Le travail, tatie, le travail.

— Mais je croyais qu'il pouvait se libérer ? Tu veux que je parle à ton père ?

— Laisse tomber. Je me suis fait de faux espoirs.

— Je suis désolée.

— Tu avais raison...

— Et je n'en suis pas ravie, crois-moi. Je ne souhaite que ton bonheur.

— Je sais... Comment je vais me sortir de tout ça ?

— Pas à pas. Commence déjà par faire des choses que tu aimes, fais de la photo, balade-toi, renoue avec d'anciennes amies. Vis tout simplement.

— Tu te rends compte que je n'ai pas parlé à une amie depuis des semaines. J'appelais Lisa régulièrement, j'ai l'impression de l'avoir délaissée, ces derniers temps. Finalement, je me suis enfermée dans le travail et dans cette vie, sans même m'en apercevoir.

— C'était plus simple ainsi...

— J'ai tout perdu, j'ai tout gâché.

— Ne dis pas ça. Tu es jeune, tu peux encore tout recommencer.

Nous sommes sur une terrasse, au soleil. Le mois de mars offre des températures idéales. Je laisse les rayons s'infiltrer à travers ma peau pour me redonner de l'énergie. J'ai l'impression d'avoir traversé un hiver de plusieurs années. Froid, glaçant, m'isolant de la vie. Je me suis sentie anesthésiée, vidée de toute émotion positive. Envahie par la culpabilité, la haine, la peine, les regrets. Tant de sentiments néfastes qui m'empêchent d'avancer, de me sentir vivante, heureuse, épanouie et surtout libre. Je suis enchaînée à mon passé. Prisonnière de ma souffrance, sans même le savoir. Je n'ai pas tourné la page, loin de là. J'ai juste mis ma vie de côté. Le drame a tout bouleversé, mais j'aurais dû m'en sortir mieux que ça. Aujourd'hui, j'ai envie de renouer avec le bonheur, avec l'espoir, avec l'avenir. Je me sens galvanisée par ce souffle nouveau, par la présence de Betty.

— Quand pars-tu ?

— Après-demain, ma chérie.

— Et tu reviens bientôt ?

— Je ne sais pas. Je me laisse porter au gré du vent et des projets, mais je te promets de t'appeler et j'espère bien recevoir plein de photos.

Un sourire étire mes lèvres. J'apprécie tellement son enthousiasme et sa joie de vivre. Toujours pleine d'énergie. Je me demande comment elle parvient à ne voir que le côté positif de la vie.

Elle ouvre son portefeuille et mon regard s'arrête sur une photo. Elle remarque mon étonnement et la sort de son étui.

— Je l'ai toujours avec moi.

Elle me la tend. Cette photo représente Betty, neuf ans plus tôt. Elle est vêtue d'une robe colorée et fleurie. Le soleil illumine la pièce, son visage est radieux. Elle porte un bébé dans ses bras. Ma Maelly. Ma fille. C'était le lendemain de sa naissance. Betty était revenue de l'étranger quelques jours auparavant afin d'être présente au moment de l'accouchement. Elle avait tenu parole. Ma petite Maelly était née au mois de mai. J'ai immortalisé leur première rencontre. Elle la regardait avec une telle bienveillance, un tel amour. Je la sentais émue. Ma fille fixait Betty avec ses grands yeux bleus. Elle semblait captivée par cette nouvelle venue. Ma tante lui a chantonné une mélodie, une douce mélodie qu'elle me murmurait lorsque j'étais enfant. Elle l'a inventée, pour moi. J'ai, à mon tour, était particulièrement touchée d'entendre cet air familier. Cet instant était gravé dans ma mémoire et sur papier glacé.

— J'en ai d'autres, tu veux les voir ?

— Bien sûr.

Betty sort quelques photos de la poche arrière de son portefeuille. Des photos de moi et de Maelly, des photos avec Adam, des photos de famille.

Cette période était si incroyable. Les années les plus heureuses de ma vie. Betty nous rendait visite plus régulièrement à l'époque, elle aimait passer du temps avec Maelly. Elle voulait la voir grandir et ne manquer aucun moment important. Aujourd'hui, nous la voyons plus rarement. Sur les clichés, ma fille a des âges différents. Elle a gardé ses magnifiques yeux bleus en grandissant. Ses longs cheveux blonds sont ondulés. Elle a pris mon sourire, les cheveux de blé et les yeux bleus de son père, mon nez et le petit air moqueur d'Adam. Elle s'est montrée curieuse très tôt, pour la vie, pour les choses, pour les animaux plus particulièrement. Elle voulait adopter tous les chiens, chats, oiseaux, écureuils, et autres bestioles que nous croisions, même celles qui appartenaient déjà à quelqu'un. Une vraie chipie. Lorsque je conduisais, elle me faisait des grimaces dans le rétroviseur pour me distraire. Elle riait aux éclats et courait partout dans le jardin avant de passer des heures à dessiner sur la terrasse. La fibre artistique coulait dans ses veines. C'était un rayon de soleil, un bonheur permanent. Il est vrai que je n'avais pas prévu de tomber enceinte, mais je n'ai jamais regretté d'avoir donné naissance à cet ange. Elle a illuminé notre vie. Maelly était notre ciment, notre moteur, notre tout.

J'ai le sourire aux lèvres en pensant à ma magnifique petite fille, mais les larmes glissent sur mes joues, car elle me manque. La douleur est palpable, intense, toujours aussi réelle malgré les années.

Betty sent ma peine et pose sa main sur la mienne.

— Elle me manque aussi, ma chérie. Mais la vie ne s'est pas arrêtée.

— Je sais, mais c'est tout comme dans mon cœur.

— Je comprends. Évidemment. Est-ce que tu t'es déjà demandé ce que pouvait ressentir Adam ?

— Tatie !

— Quoi ?! Ce garçon a aussi perdu sa fille, je te rappelle. Et sa femme. Sa vie entière a basculé, tout comme la tienne.

— Tout est de sa faute, dis-je en avalant une gorgée d'eau.

Peut-être, mais il en a payé le prix. Ce n'était pas un homme cruel ou méchant. C'était un homme bien, gentil, attentionné. Vous étiez tout pour lui. Imagine sa douleur, la culpabilité qu'il a dû ressentir, sa peine face à tout ce qu'on lui a reproché.

— Il ne se souvient même pas de nous, tatie. Il nous a effacées de sa vie comme si nous n'avions jamais existé.

— C'est vrai, mais je crois que vous auriez pu affronter tout cela, ensemble, répond Betty en regardant une photo d'Adam et Maelly.

— Comment oses-tu dire cela ? Sans lui, elle serait toujours là, avec moi.

C'était un accident, qui aurait pu t'arriver à toi aussi. C'est la vie. Elle est parfois cruelle, je te l'accorde, mais c'était lui l'amour de ta vie, ton âme sœur. Vous étiez une famille et vous auriez pu surmonter tout cela, fonder une famille à nouveau. Votre amour était plus fort.

— Apparemment pas, sinon nous serions ensemble et il se souviendrait de moi, de nous.

— Tu ne lui as pas laissé le choix. Tu l'as rejeté. Tu as été très dure avec lui, répond-elle, l'air sévère.

— Tatie… j'avais le droit, répliqué-je dans un sanglot.

— Bien sûr que oui, tu étais malheureuse et tu as cherché un coupable, souffle-t-elle en prenant ma main. Sa voix s'est radoucie. Je ne te reproche rien, c'est humain. Mais, depuis j'ai l'impression que la vie s'est échappée de ton corps, tu sembles transparente.

— Tu trouves ?

— Complètement. Tu as rejeté tout ce que tu aimais, tu as rejeté ton passé. Peut-être qu'Adam a perdu la mémoire, mais tu as fait de même en repoussant tes souvenirs, le drame et lui. Combien de photos as-tu chez toi ? De ta fille ? De vous ?

— Aucune... dis-je en regardant l'horizon.

— Tu vois. Elle a existé. Ton histoire avec lui aussi, ton couple. Tu lui en veux, soit, mais tout cela est réel. Il faut l'affronter, avancer. Sors les photos de Maelly. Souviens-toi de votre passé, de son sourire. Accroche des cadres aux murs, donne de la vie à ta maison. Et aime, aime à nouveau, laisse-toi porter par l'amour, les papillons dans le ventre, le bonheur.

— J'ai tellement peur de souffrir.

— Comment profiter des jolis moments s'il n'y a pas quelques passages pluvieux ?

— C'était plutôt une tornade pour le coup, ironisé-je, en essuyant les quelques larmes qui glissent encore sur mes joues.

— Oui, mais les jours ensoleillés sont bien plus appréciables après des événements pareils. J'ai envie de te voir vibrer à nouveau.

— Papa m'avait conseillé de tout enfermer dans des cartons, voire de tout jeter.

— Ton père n'a pas toujours réponse à tout, ma chérie. Peut-être que sur le coup tu as cru que ça t'aiderait, mais en fait, ça t'a simplement permis de tout refouler dans un coin de ton esprit. Il est temps d'ouvrir les vannes.

— Est-ce que tu penses qu'il va bien ? Je me demande ce qu'il devient... dis-je après quelques secondes de silence.

— Tu l'aimes toujours, n'est-ce pas ?

— Oui. Même si je ne me sens pas capable de lui pardonner de nous avoir enlevé Maelly.

— Je crois au contraire que tu en es capable, car tu sais qu'au fond, il ne lui aurait jamais fait de mal volontairement. C'était un accident. Vous étiez son univers.

— Nous étions si heureux.

— Je sais, et tu pourrais l'être à nouveau. Vous pourriez affronter enfin cette peine ensemble, discuter, vous aimer, reconstruire votre vie.

— C'était une autre vie.

— Peut-être pas tout de suite. En tout cas, je suis certaine d'une chose. Maxime a beau être un homme bien. Il n'est pas pour toi, alors prends les bonnes décisions. Jette-toi à corps perdu dans la photo, plaque tout s'il le faut. Pars d'ici si tu le souhaites, mais ne te laisse pas couler dans ce néant dans lequel tu t'enfonces un peu plus à chaque instant.

Ses mots, si sincères, me frappent en plein cœur. Je regarde une dernière fois les clichés de Maelly et les tends à Betty. Elle les range soigneusement dans son portefeuille et nous nous levons afin de nous balader en bord de mer. L'air marin me fera le plus grand bien après ce trop-plein d'émotions et de souvenirs.

Chapitre 18

Adam

Jazz entend mon réveil et monte sur le lit afin de me gratifier d'une léchouille bien baveuse. Bien loin d'être rebuté, j'en profite pour le gratouiller en le saluant chaleureusement.

— Tu as faim ?

Mon compagnon saute du lit et se met à remuer dans tous les sens, alternant les allers-retours entre la porte de la chambre et le lit. Je finis par me lever, à contrecœur. Mon reflet dans le miroir me rappelle à quel point j'ai mal dormi ces derniers jours. Les souvenirs récents ont eu raison de ma bonne humeur naissante. Je suis mitigé. J'ai peur. Les cernes se dessinent sous mes yeux. Je me passe un peu d'eau sur le visage afin de me redonner une certaine contenance et me dirige vers la cuisine dans laquelle le chien m'attend déjà, assis devant sa gamelle vide.

— J'arrive, mon gros.

Je lui verse ses croquettes et lance mon café. Je vais avoir besoin de courage aujourd'hui.

Je ne suis pas en forme pour aller courir, pour la première fois depuis longtemps. Je demeure sur ma terrasse, à observer le soleil se lever derrière les belles montagnes verdoyantes qui se dressent au loin. Le village est calme, j'apprécie ce silence. L'air matinal est encore frais, mais j'en profite pour inspirer profondément et en remplir mes poumons. Le mug de café fumant posé devant moi, je me sens seul. J'ai envie qu'une femme arrive derrière moi, passe ses mains sur mes épaules et les laisse glisser sur mon torse, tout en déposant un baiser sur ma joue. Je pourrais sentir l'odeur de ses cheveux, la douceur de sa peau, la tendresse dans sa voix. Je désire être avec quelqu'un, partager ces instants, ce bonheur. J'ai besoin d'aimer et surtout d'être aimé en retour. J'aspire à retrouver ce que j'ai connu.

En réalité, je ne veux pas quelqu'un, je veux Allie.

Je me lève après une bonne demi-heure de rêveries. Jazz restera à la maison aujourd'hui, j'ai envie de prendre ma moto. De temps en temps, j'emprunte la voiture de Gabriel, qui s'en sert peu, afin de pouvoir l'emmener avec moi, mais il m'arrive aussi de préférer ma Yamaha.

Après dix minutes, j'arrive devant la caserne. Cet endroit si familier me rassure immédiatement. J'ai besoin de voir des visages amicaux et bienveillants. Ceux qui connaissent mon histoire, qui m'acceptent malgré mes erreurs, qui m'aiment et me soutiennent qu'importent les épreuves.

Éric vient à ma rencontre, le sourire aux lèvres, il me tend quelque chose. J'enlève mon casque et le saisis.

— Splendide, non ?

— On ne voit rien !

— Rho, mais si là, tu vois ce petit truc presque rond ?

— Ici ? demandé-je en insistant.

— C'est mon fils ou ma fille.

— Tu es heureux, dis-moi.

— C'est clair, être papa c'est la plus belle aventure de ma vie.

Son visage se referme, il baisse les yeux.

— Excuse-moi, je ne voulais pas, bafouille-t-il.

— Arrête, ce n'est pas grave. Je suis content pour vous et tu as parfaitement le droit d'étaler ta joie.

— Merci, répond-il toujours gêné.

— Va falloir qu'on fête ça, toi et moi.

— Partant. Mais pas aujourd'hui, on a du boulot.

— Ah oui ? Que se passe-t-il ?

Nous avançons vers le vestiaire. Je dépose mon casque et ma veste dans mon casier et enfile rapidement ma tenue. Je me sens bien avec mon uniforme, mon treillis bleu, mes rangers et mon polo. C'est mon quotidien, cela fait partie de moi.

— Tu ne te rappelles pas l'intervention dans les écoles ?

— Merde, c'est aujourd'hui !

— Eh oui. On part dans une heure.

— Combien d'écoles déjà ?

— Trois.

— Va me falloir du café.

— T'as une sale gueule, n'empêche.

— Merci !

— Non, mais je dis ça en toute amitié.

Je m'esclaffe. Quel con !

— Je dors mal...

— Encore ? Je croyais que ça allait mieux.

— Salut les gars, nous lance Yann en entrant dans la salle de repos tandis qu'Éric nous verse deux cafés.

— Café, Yann ? demande Éric.

Il acquiesce d'un signe de tête et son regard se pose sur moi.

— Oh putain, t'as fait la fête toute la nuit ?

— Vous vous êtes donné le mot, ma parole.

— Il dort mal, répond Éric en regardant notre chef.

— Encore ? s'exclame-t-il.

Décidément...

— Allez raconte, continue Éric en déposant les tasses sur la table et en s'installant sur une chaise en face de moi. Yann fait de même.

— Les souvenirs refont surface peu à peu.

— C'est vrai ? Mais c'est génial !

— Oui, c'est certain, avec le docteur Hugo, on fait de grands pas...

— Je t'avais dit qu'il était bon, commente Yann.

— Tu avais raison, il est vraiment bien.

— Alors quel est le problème ? questionne Éric.

— C'est assez déroutant. Parfois, je me rappelle juste des sensations, des impressions ou des bouts de souvenirs. D'autres fois, les souvenirs sont plus complets, je peux même ressentir les choses. Je retrouve des sentiments oubliés.

— À propos de quoi ?

— Allie notamment...

— C'est normal, explique Yann. Vous étiez vraiment très amoureux. Elle a beaucoup compté pour toi.

— Depuis cinq ans, je suis seul, je me barricade. Et là, tout me revient en mémoire. Je ressens des émotions que je ne connaissais plus comme si elles n'avaient jamais disparu. C'est très perturbant.

— C'est sûr...

— Et surtout...

J'hésite, mais j'ai besoin d'en parler.

— Je me suis souvenu du jour où elle m'a annoncé sa grossesse.

Les visages de mes deux amis se figent.

— C'est une chose de le savoir parce qu'on me l'a dit. Mais de le ressentir, de s'en souvenir, c'est une tout autre chose.

— C'est normal, il te faut un peu de temps. Accroche-toi, mais ne brûle pas les étapes. Prépare ton esprit à recouvrer ta mémoire progressivement.

— J'essaie, mais je ne contrôle pas tout.

— On est là, tu sais, n'hésite pas à venir nous parler, ne t'enferme pas dans ta bulle.

— Vous avez raison, mais je dois affronter tout ça. J'ai beaucoup réfléchi. Lorsque je me suis souvenu de cette grossesse, j'étais au plus bas. J'ai voulu tout arrêter, je ne souhaitais plus connaître la vérité. J'ai failli faire marche arrière. Mais finalement, avec le recul, j'ai décidé d'aller jusqu'au bout, de me rappeler de tout, même ce qui fait mal.

— Tu es sûr de toi ? demande Éric, inquiet.

— Oui, il le faut, pour retrouver celui que j'étais, j'ai besoin de comprendre pourquoi et comment ça s'est déroulé. Je ne peux pas m'arrêter là et leur tourner le dos une seconde fois.

Je vois Éric se décomposer.

— Qu'est-ce qu'il y a ?

Je sais ce qu'ils pensent malgré leurs mots encourageants. Mais, ils ne peuvent pas appréhender cette nécessité viscérale de récupérer mon passé, mes souvenirs, ma mémoire. J'ai besoin de me retrouver, moi.

— Rien, c'est juste que je ne veux pas te voir t'effondrer... Tu ne leur dois rien.

— Il faut que j'avance.

— Tu as raison, c'est une sage décision, affirme Yann. Et tu peux compter sur nous, n'importe quand. Promets-moi que quoi que tu découvres, tu en parleras au docteur ou à nous...

— Je vous le promets.

— Tu ne dois pas te confronter à ta mémoire, seul. Ça va être très dur, crois-moi.

— J'en ai conscience. Je sais tout ce qu'on m'a raconté. Je n'ai pas oublié. Mais je veux me rappeler.

— C'est l'heure, vous devez partir, dit alors Yann.

Nous finissons nos tasses et nous dirigeons vers les véhicules. Nous devons intervenir dans trois écoles de la région. Non pas pour des exercices quelconques, mais plutôt pour parler de notre métier aux enfants et leur apprendre quelques réflexes de sécurité au passage. Nous le faisons tous les ans. L'avantage de l'arrière-pays est que les écoles nous connaissent, nous avons l'habitude de collaborer.

Les deux premières interventions se passent bien. Les enfants sont une bouffée d'oxygène exceptionnelle. Curieux, drôles, pleins de vie, enthousiastes. Ils s'intéressent à tout, nous questionnent, viennent toucher le matériel. Ils sont impressionnés par l'uniforme et la grosse voix d'Éric, mais ils sont aussi impatients de répondre à nos questions ou de réaliser quelques gestes de secours pour les plus grands.

Malgré cette bonne humeur, je ne m'attendais pas à ce qui allait se produire dans la dernière école.

Le début de notre explication se déroule sans encombre. Éric et moi maîtrisons notre sujet. La petite classe de maternelle est assez attentive. Nous ne laissons pas transparaître notre fatigue et le fait que nous répétons la même chose pour la troisième fois. La lassitude ne doit pas intervenir face à des enfants avides d'informations et de démonstrations. Nous écourtons le discours, car pour les plus jeunes, la participation active est bien plus intéressante. Je suis occupé à montrer à un petit garçon de 4 ans des images concernant le fait qu'il ne faut pas traverser la route seul, lorsqu'un homme ouvre la porte de la classe pour faire entrer une petite fille.

En la voyant, je reste figé, comme pétrifié. Blonde, les cheveux mi-longs, un visage de poupée, les yeux bleus. Elle me toise un instant puis se dirige vers ses camarades. Je la suis du regard, toujours immobile.

— Clara avait un rendez-vous chez le dentiste, explique l'enseignante.

Elle ne remarque pas ma réaction, mais Éric me connaît bien.

— Hey, me murmure-t-il, ça va ?

Je ne peux pas lui répondre. Le petit garçon avec qui je discutais, quelques secondes plus tôt, se met à tirer sur le bas de ma veste afin de me faire réagir. Il me semble lui avoir bafouillé que je revenais. Sans grande conviction.

Elle est là, devant moi, son visage apparaît. Je la vois, enfin, comme si elle n'avait jamais quitté mon esprit : Maelly. Elle sautille dans ma direction en criant « Papa », elle glisse sur le toboggan du parc, elle s'amuse sur les balançoires, elle danse au spectacle de l'école, elle rit tandis qu'on prépare des crêpes dans la cuisine, elle dort dans les bras d'Allie, elle dessine sur la table basse du salon, elle me murmure « Je t'aime, papa »... Toutes ces images s'enchaînent à une vitesse folle.

Mes mains se mettent à trembler, mes yeux s'embuent rapidement. Mon cœur bat la chamade. Je me sens mal, je n'arrive pas à encaisser. Je sors de la classe, en titubant presque, et cours dans le couloir, avec difficulté. Je m'écroule sur les toilettes à temps pour régurgiter mon précédent repas. Après quelques secondes, je me relève péniblement. Je me dirige vers le lavabo pour m'asperger le visage.

C'est incroyable, je me souviens de ma fille...

Ma belle petite fille...

Comment ai-je pu oublier tout cela, tous ces moments extraordinaires, si intenses et bouleversants.

Les souvenirs m'ont percuté violemment. Bien plus violemment que les précédents. Tous mes sentiments, mon amour pour cette gamine, me sont revenus en plein cœur. Je me rappelle avoir aimé Allie, mais ce que je ressens pour notre enfant est tellement fulgurant et indescriptible que j'ai failli m'écrouler tant le choc a été puissant.

Au bout de plusieurs minutes, je me décide à regagner le couloir. Je tremble toujours. Je suis mitigé, je suis perdu, j'aime Maelly, mais je sais aussi que ce petit ange n'existe plus, par ma faute. Même si je suis incapable de me souvenir des circonstances du drame. Je comprends en une fraction de seconde pourquoi Allie me déteste. Je lui ai enlevé sa fille, notre fille, ce petit bout de nous. Ce qu'elle doit ressentir à mon égard doit dépasser la haine.

Éric me rejoint avec notre matériel.

— Hey, mon pote, ça va ? T'es parti comme un fou.

— Je... non... je... il faut que je rentre.

— OK, de toute manière j'ai expliqué qu'on devait partir pour une urgence. Viens, je te ramène.

Sur le trajet, je demeure silencieux. J'ai besoin d'encaisser, de digérer l'information.

De retour à la caserne, je m'écroule sur le canapé de la salle de repos. Je ne sais pas ce qui se dit entre Éric et Yann, mais ils ne me dérangent pas, ils ne me questionnent pas, et je m'endors rapidement, épuisé par tant d'émotions.

Chapitre 19

Éric

J'aimerais savoir quoi faire pour l'aider, mais je ne trouve ni les mots ni les solutions aux tourments qui habitent son esprit.

Depuis toujours, nous nous soutenons. Son amitié est la chose la plus précieuse dans ma vie après ma famille.

J'ouvre délicatement la porte de la chambre de la plus jeune de mes filles, la petite dernière qui deviendra bientôt une grande sœur à son tour. Le temps passe si vite et pourtant, je remercie le ciel de m'avoir offert autant de magnifiques cadeaux. Elle dort paisiblement, sa veilleuse sur la table de chevet. Je referme la porte et me dirige vers l'autre chambre, celle des grandes. Elles sont plongées dans leurs rêves, un sourire étire mes lèvres, comment faire autrement quand je les vois ?

Je n'étais rien, j'étais un enfant perdu, seul, déboussolé. J'ai fait des conneries, j'ai traîné avec les mauvais gars, j'ai frôlé la prison à deux-trois reprises, mais j'avais la chance d'avoir Adam à mes côtés. Il vivait des choses difficiles lui aussi, et malgré cela, nous sommes parvenus à créer et conserver une magnifique amitié. Je n'étais pas un mauvais bougre à l'époque, juste un gosse paumé qui faisait des choix nocifs. Je n'avais pas eu le bon modèle, celui qui vous guide et vous tape sur les doigts lorsque vous dérapez.

Et puis, il y a eu Lucile, ma merveilleuse Lucile. Elle a tout changé, elle a chamboulé ma vie. Elle m'a offert ce que je n'avais pas : une famille, de l'amour, un soutien sans faille. Elle est mon oxygène depuis des années.

Il n'y a qu'une chose qui manque à mon existence, que mon ami soit en paix avec lui-même. Il se morfond depuis tant d'années, perdu dans son passé. Il s'empêche de vivre, je le vois. Il s'empêche d'aimer, d'avancer. Il a pensé que changer de ville l'aiderait à repartir à zéro, mais c'est faux, sa fuite n'a servi à rien. Il fait bonne figure, il nous fait croire qu'il s'en sort, qu'il est heureux dans sa solitude, mais il se ment à lui-même. Il est malheureux. Je le connais mieux que quiconque. Il a besoin de savoir ce qu'il s'est passé, il a besoin d'accepter, de se pardonner et surtout, il a besoin d'aimer à nouveau...

Il n'y avait qu'Allie qui parvenait à lui apporter ce petit plus, ce truc qui vous donne envie de vous lever et d'affronter le quotidien. Il était sur un nuage avec elle. Mais ce drame... Comment se remettre de la mort de son enfant ?

Je regarde une dernière fois mes filles... Je n'aurais jamais pu surmonter cette perte.

Je ne sais pas comment il fait à tenir encore debout...

Chapitre 20

Allie

— Je suis contente que tu m'appelles.

— Je suis désolée, j'aurais dû te rappeler avant.

— C'est bien vrai, je devrais te faire la gueule un petit peu plus longtemps pour te faire culpabiliser.

La peste ! Je me rends compte à quel point j'avais besoin d'entendre sa voix, de lui parler.

— Je te promets que je me ferai pardonner !

— Il y a intérêt ! Sinon, ça va ?

Lisa n'est pas du genre à se formaliser pour si peu.

— Pas trop.

— Aïe. Qu'est-ce qu'il t'arrive ?

— Je me pose beaucoup de questions.

— Enfin !

— Lisa...

— OK, OK, je t'écoute...

Je sens le sourire qui étire ses lèvres au son de sa voix.

— C'est juste que je pense beaucoup à Adam depuis quelque temps.

— Sérieux ? Je ne m'attendais pas à ça.

— Moi non plus, figure-toi. Tout se mélange dans ma tête. Je lui en veux et en même temps, je sais que j'ai toujours des sentiments pour lui.

— C'est normal, ma chérie. Vous étiez tellement amoureux.

— Betty m'a dit que je devais lui pardonner. Mais je ne m'en sens pas capable.

— Et pour Maxime ?

— Je crois que ça ne marchera pas.

— Je suis contente que tu en arrives enfin à cette conclusion.

Elle jubile, le « j'avais raison » lui brûle les lèvres.

— Je ne sais pas encore quand ni comment, mais il faut que je me bouge.

— C'est sûr ! Tu dois penser un peu à toi.

— Je vais reprendre la photo.

J'annonce tout ce qui me passe par l'esprit avant de me dégonfler. J'ai besoin de tout dire à quelqu'un, de tout avouer.

— En voilà une bonne décision. Tu adorais ça.

— Oui, je me suis replongée dans mes souvenirs, ça me manque.

— Fonce ma belle. Je te soutiendrai, tu sais bien. Ce que je souhaite, c'est que tu cherches ta voie, ton bonheur et que tu arrêtes de te punir et de t'empêcher de vivre à cause de ce drame.

— Je vais essayer. Je veux avancer, mais c'est difficile.

— Tu me fais un bien fou, tu n'imagines pas. Te voir si malheureuse, c'était terrible.

— J'ai mis le temps, mais on y vient. C'est encore un peu flou, mais l'envie est là.

— Alors tout ira bien, ne t'en fais pas. Ma chérie, je dois te laisser, on se rappelle d'accord ?

— C'est promis.

Je raccroche, soulagée. Annoncer quelque chose à Lisa, c'est comme s'engager à tenir parole. Je n'ai plus le choix, il me faut avancer et penser à moi.

J'attrape mon appareil photo et monte en voiture. Je suis décidée à profiter de mon après-midi. Je veux mettre mes bonnes résolutions en pratique, tout de suite. Pas d'excuse, de prétexte, de contretemps. Je ne reporte rien, je me lance. J'abandonne la *Allie* du présent. Il n'y a plus que l'appareil photo et la nature. Je conduis sans but. Je ne sais pas vraiment où aller, je me laisse porter par la route. Au bout de quarante minutes, je me retrouve à Blausasc. Je n'y ai plus mis les pieds depuis cinq années. Cela me paraît une éternité et pourtant chaque maison, chaque virage, chaque panneau me semble familier. Cette sensation est étrange. Mon voyage à travers le temps vient de commencer. Quelques minutes plus tard, je suis arrêtée devant notre ancienne maison. Celle où nous vivions Adam, Maelly et moi. Notre petit nid douillet. Nous avons été si heureux de pouvoir nous installer ici. Nous avons passé trois années merveilleuses entre ces murs. La maison n'a pas tellement changé, cela me fait bizarre de penser qu'une autre famille y habite désormais. Elle n'est plus à nous, ce n'est plus *chez nous*. Notre existence dans cette bâtisse a été effacée au profit d'une nouvelle famille, une vraie famille, car nous, nous n'existons plus. Comme des ballons qui se sont envolés vers d'autres lieux, emportés par le vent. Nos chemins se sont séparés, chacun ayant suivi sa propre route, avec plus ou moins de succès.

Je redémarre, je refuse de devenir nostalgique et de gâcher cette belle journée. Il me faut avancer et non ruminer le passé. L'endroit est idéal pour prendre des photos en toute tranquillité. Les rues sont calmes. Je n'entends que les oiseaux qui chantent, pas un bruit de voiture, de klaxon, pas un cri, juste un silence apaisant. Je n'ai pas envie de me poser de questions, de me demander comment photographier, si la luminosité est assez bonne ou si le cadrage est correct. J'entreprends de mitrailler tout ce qui attire l'œil. Le Palais des comtes avec ses façades embellies de fresques en trompe-l'œil, l'église au style italien classique, le Palais privé et son parc dans le quartier Pallaréa ou encore la fontaine à trois bouches. Mais il n'y a pas que les monuments qui me séduisent. Les arbres, la forêt, la jolie allée fleurie menant à la mairie, les oliviers, nombreux dans notre région, les arbrisseaux de romarin. Tout m'inspire. Je me sens galvanisée par le fait de tenir un appareil photo entre les mains. Tout me revient en mémoire, mes réflexes, les gestes. Je suis transportée, comme habitée par une énergie nouvelle. Je ne suis plus moi, je ne suis plus là, je suis l'appareil.

Noyée dans mon enthousiasme, je n'ai même pas remarqué à quel point je me suis éloignée du cœur du village. Je me suis enfoncée sur les petits chemins de campagne, là où la nature luxuriante offre un décor idéal pour des photographies. Malheureusement pour moi, le soleil m'a fait faux bond. En une demi-heure, le temps a tourné et les nuages sont apparus. Les quelques rayons lumineux ont été rares, mais suffisants pour éclairer certaines photos. J'entreprends de commencer à redescendre vers le village, l'œil toujours vissé à mon objectif. Un vieux villageois coupe du bois dans son jardin, une petite fille fait du vélo dans l'allée de la maison familiale, une trentenaire fait un footing avec son chien. Elle me gratifie d'un immense sourire en me croisant. Cette facilité avec laquelle les villageois nouent le contact me manque. Menton est une ville touristique, et même si le cadre semble idyllique, la vie n'y est pas si douce qu'on peut le penser. J'apprécie beaucoup plus les coins reculés, à l'écart du littoral. C'est d'ailleurs pour cette raison que nous avions emménagé ici, pour offrir à Maelly une vie plus tranquille, plus sereine. Nous connaissions tous nos voisins, nous avions nos habitudes chez les commerçants du village, nous étions heureux. Nous ne pouvions rêver mieux. Ou si, peut-être... que ça continue.

Après quelques minutes de marche, je suis surprise par la pluie. Elle se fait d'abord légère et fine, le temps pour moi d'accélérer le pas, puis elle devient rapidement plus virulente. Contrariée, je glisse l'appareil photo dans sa sacoche, me remerciant intérieurement de l'avoir emmenée avec moi. Je me presse pour regagner ma voiture. L'eau ruisselle sur mon visage, mes cheveux collent sur mes joues, mon maquillage ne doit plus ressembler à grand-chose et mes vêtements font ventouse sur ma peau. Plus que quelques mètres, je me mets à courir, les gouttes fouettant à présent mon visage avec violence. Arrivée près du véhicule, j'attrape mes clés et débloque la portière, je jette rapidement la sacoche sur le siège passager. Alors que je suis sur le point de me mettre à l'abri à mon tour, un éclair traverse le ciel, suivi du tonnerre. Vous savez qu'Adam adorait la pluie ? Je vous ai déjà raconté notre rencontre, un jour de grande averse, eh bien, quelque part, ça devait être un rituel chez nous. Je me rappelle, un soir, nous nous étions disputés, c'était rare, mais cela arrivait. Je suis partie, fulminant intérieurement contre lui. La pluie s'abattait sur la ville, mais qu'importe, j'ai décidé de faire ma tête de mule. Adam m'a implorée de rentrer, mais j'étais déjà loin. J'ai pris ma fiat 500, roulant sans but, jusqu'à me rendre compte de ma bêtise. Il tombait des cordes, je naviguais à vue sur des routes de campagne dangereuses et sinueuses. J'étais trempée et je cheminais en pleine nuit sans savoir où j'allais. Me maudissant pour mon sale caractère et mes réactions disproportionnées. Au bout d'un moment qui m'a semblé durer une éternité, j'ai fait demi-tour et regagné notre allée. Lorsqu'Adam a vu la voiture arriver, il est sorti sur le perron, le téléphone à la main. Il paraissait soulagé de me voir. Je me suis avancée en bas des marches, hésitante. Je redoutais sa réaction. Il est descendu en courant pour me prendre dans ses bras. J'ai senti la pression qui se relâchait, son inquiétude se dissipait. Je lui avais fait peur et je m'en voulais.

— « *Pardon* », ai-je murmuré.

Il m'a alors regardée dans les yeux et il m'a embrassée. Avec tellement de fougue et de désir que j'ai eu du mal à rester debout. Mes jambes tremblaient sans raison apparente. Nous avons trébuché et sommes tombés sur le gazon trempé. Nous nous sommes observés puis nous avons éclaté de rire. La situation était cocasse. Contre toute attente, nous avons fait l'amour dans notre jardin, à même l'herbe mouillée. Il faisait nuit, il pleuvait, mais cela rendait l'instant magique et extraordinaire. Notre réconciliation a été intense. L'eau ruisselait sur nos corps, nous étions à peine éclairés par les lumières de la maison. Au moment de rentrer, nous étions quasiment nus, mais au lieu de nous rhabiller, nous avons décidé de courir à l'intérieur pour nous sécher. À quoi bon tenter d'enfiler des vêtements trempés, c'était mission impossible. Comme deux enfants, les fesses à l'air, nos habits dans les bras, nous avons galopé jusqu'à la maison. Adam a glissé sur le carrelage de l'entrée, se retrouvant les jambes en l'air en bas des escaliers. J'ai ri aux larmes. Il s'est alors précipité vers moi pour me chatouiller. Il savait à quel point je ne pouvais résister. J'en pleurais d'autant plus. Nous avons terminé notre course sur le canapé du salon, à faire l'amour une seconde fois, beaucoup plus tendrement que la première fois. Avec moins d'empressement. Nous semblions nous redécouvrir, en goûtant et savourant chaque seconde passée, blottis l'un contre l'autre. Avec Adam, chaque instant a été inoubliable. Malgré nos rares disputes, malgré nos désaccords, malgré les coups durs, malgré les doutes, nous sommes restés soudés. Ou presque. Un événement peut tout faire voler en éclats.

Toujours debout à côté de ma voiture, le sourire aux lèvres, je me décide à me mettre à l'abri. La journée a été mouvementée, je n'ai pas envie de rentrer, pourtant, il le faut bien. Les souvenirs se bousculent dans mon esprit, perturbant mon quotidien, mes certitudes et mes projets. Je me dois de prendre les bonnes décisions, pour moi, pour mon avenir.

Chapitre 21

Adam

— Alors, comment allez-vous depuis notre dernier rendez-vous ?

— Il s'est passé beaucoup de choses.

Je suis installé dans le bureau du docteur Hugo. Excité à l'idée de lui parler de mes découvertes, terrorisé, car je sais que j'approche de la vérité.

— Ah oui ? C'est une bonne nouvelle. Racontez-moi.

— Je me rappelle ma fille.

— Vous vous en rappelez ? Vous avez effectivement fait un grand pas. De quoi vous souvenez-vous ?

— De tout, ou presque. Je me souviens de l'annonce de la grossesse d'Allie, je me souviens de ma fille, de son visage, de son rire, de ce que je ressentais pour elle. C'est comme si, tout à coup, un pan de ma vie s'était ouvert à moi. C'est très déroutant.

— J'imagine... Comment vous sentez-vous ?

— Perdu. Je l'aimais tant. C'est indescriptible. Des souvenirs de notre vie ensemble me sont revenus. Tous ces moments passés avec Maelly. Mais je sais aussi qu'elle n'est plus là, aujourd'hui, je ne pourrai jamais la revoir.

— Vous savez, Adam. La difficulté de votre situation est que vous aviez oublié votre fille. De ce fait, vous n'avez pas pu faire votre deuil. En plus de ce travail pour recouvrer votre mémoire, vous allez devoir opérer un travail pour accepter le décès de votre enfant. Ce n'est pas évident, il va vous falloir du courage et de la patience.

— Je sais, docteur. Je vous avoue que j'ai douté, j'ai voulu faire marche arrière, j'étais terrifié à l'idée de me rappeler le drame, ma douleur. Mais je touche au but. Je ne suis pas loin de la vérité, pas loin de tout comprendre. Je ne peux plus reculer.

— Il faut vous ménager, Adam. Le choc va être violent. N'avancez pas trop vite, allez-y à votre rythme, vous devez préparer votre cerveau à ce chamboulement.

— J'en ai conscience. J'espère juste avoir la force de surmonter cette culpabilité et cette douleur qui vont m'envahir lorsque je me rappellerai ce jour-là.

— Il est évident que cette étape sera déterminante et probablement déroutante. Comment vous sentez-vous, à la lumière de ce que vous avez découvert ces derniers temps ?

— Je suis anéanti à l'idée qu'Allie me déteste. Maintenant que je me souviens de notre vie ensemble, de notre amour. J'éprouve à nouveau toutes ces émotions qui étaient enfouies et je ne sais pas comment accepter le fait qu'il n'y aura pas d'avenir avec elle.

Les larmes menacent de m'envahir, je suis saisi par tout ce que mon cœur ressent. Lui qui était anesthésié depuis si longtemps se rappelle à moi assez vigoureusement. Je me sens vivant, même si la douleur qui accompagne cette sensation est violente et intense.

— Vous ne pouvez être sûr de rien, Adam. Le temps a fait son œuvre. Vous ne savez pas dans quel état d'esprit se trouve Allie.

— Je me souviens très bien de son regard et de son attitude après le drame.

— Je vous rappelle que vous ne la reconnaissiez même pas. Ce devait être tout aussi déroutant pour elle.

— J'imagine oui. Elle a perdu sa fille et je n'étais plus moi-même. C'est à peine si elle a pu déverser sa colère sur moi et me dire ce qu'elle pensait de tout cela. J'étais comme extérieur à tout ce qui se passait.

— Quels sont vos projets, à présent ?

— Je vais continuer à travailler ma mémoire, à déballer de vieilles affaires. Jusqu'à présent, ça a fonctionné. Mais croyez-vous que je parviendrai à me souvenir de ce jour précis ?

— Je ne peux pas vous l'assurer, mais je pense qu'effectivement, c'est possible. Vous avez débloqué quelque chose dans votre esprit. Vous étiez prêt, vous avez pris la décision de vous rappeler qu'importent les souvenirs, qu'ils soient négatifs ou non. Vous avez d'ailleurs fait des progrès fulgurants ces dernières semaines. C'est assez impressionnant, je ne m'attendais pas à des avancées si rapides. Il faut vous accrocher et demeurer ouvert à tous les évènements et à toutes les émotions.

— J'ai vraiment envie de retrouver cette partie de ma vie et de l'assumer. Mais je dois vous avouer que j'ai peur, docteur. Peur de ne pas supporter les images qui pourraient me revenir.

— J'imagine bien, Adam. C'est à vous de voir. Je ne peux rien décider pour vous. Mais je commence à vous connaître, et je crois que pour avancer, vous avez besoin de savoir et de comprendre.

Même si le souvenir est traumatisant, je pense que vous aurez les épaules assez solides pour l'accepter et le surmonter.

— Merci, j'avais besoin d'entendre ce genre de paroles.

Je ne regrette pas d'avoir rencontré le docteur Hugo. Il est vraiment de bon conseil, et surtout je me sens en confiance. Il me rassure, m'apaise et m'offre la possibilité de retrouver ma vie. Je suis terrorisé, mais je suis aussi enthousiaste. J'ai ce besoin irrépressible de redevenir Adam. Adam tout entier, avec tous ses souvenirs, ses peines, ses doutes, ses failles et ses erreurs.

De retour à l'appartement, je me plonge à nouveau dans mes vieux cartons. Je sais qu'ils sont la clé pour déclencher d'autres flashs. Il est certain que tout ce bric-à-brac accumulé au fil des années ne peut que m'aider. Jazz a décidé de me donner un coup de patte à sa manière. Il a glissé son museau dans l'une des boîtes et l'a retourné en prenant soin de vider son contenu sur le carrelage de la chambre. Il est ensuite parti, fier de lui, remuant la queue, le carton dans la gueule, pour aller le déchiqueter dans le salon. Je m'apprête à le suivre afin de le récupérer lorsqu'une petite carte noire attire mon attention. Une carte de visite. Je me penche pour la ramasser.

« Jonathan, artiste tatoueur »

La vitrine du salon de tatouage est en photo sur le recto de la carte. Au dos sont inscrites ses coordonnées.

Je regarde à nouveau le recto. Cette carte m'est familière. Je remonte la manche de mon bras droit, je me suis toujours demandé ce que signifie le tatouage qui se trouve sur mon avant-bras. Je ne me rappelle pas du jour où je l'ai fait, mais après tout, j'ai oublié plusieurs années de ma vie. Rien d'étonnant donc. Sans en être certain, j'ai la sensation que cette carte est importante. Pourquoi l'ai-je gardée sinon ? Bien sûr, on conserve souvent des cartes de fidélité ou des cartes de visite. Mais pourquoi dans ce carton, mélangée à des souvenirs de Maelly et d'Allie ? Pourquoi, justement cette carte-là ? Je me triture les méninges, à la recherche d'un élément. Mais rien ne vient. Pourtant, je n'en suis pas loin, j'en suis certain. J'ai cette impression, vous savez, quand on a un mot sur le bout de la langue, on a les sonorités, mais le mot nous échappe. C'est ce que je ressens.

Après avoir passé une petite demi-heure à fouiller le reste de la boîte renversée par Jazz. Je me rends dans la cuisine afin de prendre une bière. Le chien a délaissé le carton dans un coin de la pièce et dort bien sagement dans son panier. Je suis étonné, car il a eu la brillante idée de ne pas le déchiqueter en mille morceaux. Après avoir allumé la radio, je m'installe dans le fauteuil. Je sais que plus j'essaye de me rappeler mon passé et moins j'y arrive. C'est assez évident, on ne peut pas forcer sa mémoire. On peut la titiller, l'aider, la raviver, l'entraîner, mais la forcer, jamais. Je suis dépité. Le docteur a raison, je ne dois pas brûler les étapes et acculer mon cerveau. Il ne faut pas aller trop vite, j'en ai conscience. Je suis très impatient, trop impatient. J'ai envie de savoir, autant que je le redoute.

Au bout de quelques minutes de réflexion, mon regard est attiré par un objet qui semble dépasser du carton, toujours échoué dans un coin de la pièce. Je me lève afin de le ramasser. Un bloc à dessins est coincé dans la boîte. Jazz a dû l'entraîner dans sa course. Après m'être à nouveau installé dans le canapé, je fais défiler les pages. De nombreux dessins s'y trouvent, la plupart en noir et blanc. Tous sont signés de la main d'Allie. Elle est donc douée en dessin en plus de la photographie. Une âme d'artiste. Ces souvenirs m'ont échappé et je suis excité à l'idée de pouvoir me plonger dans l'esprit de celle qui occupe mes pensées. Son talent est indéniable et je me surprends à avoir cette sensation de déjà-vu concernant certains croquis. Mais mon œil est attiré par des dessins se trouvant vers le milieu du carnet. Ils ressemblent étrangement à mon tatouage. Il n'en faut pas plus pour déclencher un flash. Il est court, mais les bouts d'images suffisent à éveiller ma mémoire. Elle était installée à une table, un crayon à la main et une tasse fumante, tout près d'elle. Elle dessinait sur ce carnet, concentrée, absorbée par sa tâche. Des feuilles froissées et jetées en boule trônaient devant elle et sur le sol.

Je me rappelle avoir marché vers elle, je me suis approché pour regarder ses dessins. Elle a retourné le carnet en faisant une moue boudeuse. Elle n'était pas satisfaite de son travail. Elle avait ce besoin que tout soit parfait. Éternelle insatisfaite, elle était toujours très dure avec elle-même. Nous avons fini par échanger nos idées afin de créer le croquis idéal.

En tournant les pages, je tombe sur ce fameux dessin, le même que celui qui trône sur mon avant-bras. Je me rappelle enfin ce jour précis. Nous sommes allés au salon de tatouage. Jonathan nous avait été recommandé par un ami. Je la vois, installée sur le petit tabouret à roulettes, le bras posé devant le tatoueur. Elle grimaçait lorsqu'il remplissait certaines zones, elle me souriait le reste du temps. Émue. En fin de journée, nous étions tous deux tatoués. Le même dessin orne donc notre corps. Un cerisier japonais grimpe sur notre peau. Le long de son tronc la date de naissance de Maelly y est inscrite, tout comme des initiales : M, pour Maelly et A pour

Allie et Adam.

Je ne m'attendais pas à ce que sa signification soit aussi forte. Allie a donc le même. Nous sommes liés par un élément supplémentaire. Un dessin qui lui rappelle à la fois la naissance de sa fille, mais aussi le fait qu'elle n'est plus dans sa vie. À cause de moi...

Comment notre existence a-t-elle pu basculer ainsi ? Tous ces moments de bonheur piétinés.

Comment ai-je pu tout détruire ? Comment ai-je pu me transformer en un type horrible et inconscient, qui fait exploser plusieurs vies en plein vol ?

Je refuse d'être ce type. J'ai envie d'être le bon gars, le pompier, droit, honnête, bon père de famille, bon mari, fidèle et prévenant.

Pourrai-je le devenir ? Ou le redevenir ? J'en doute.

En ai-je envie ? Oui, infiniment !

Chapitre 22

Allie

— Allie ?

— Oui papa.

Je viens de décrocher le téléphone sans lever le nez de mes dossiers.

— Allie, ta mère est à l'hôpital.

— Quoi ? Que lui est-il arrivé ? dis-je en stoppant net mon travail.

— Un accident de voiture. Rien de grave a priori, mais ils sont en train de lui faire passer des examens.

— Oh mince, où es-tu ?

— J'étais à un rendez-vous client sur Cannes, je prends la route pour la retrouver à l'hôpital.

— D'accord, j'y serai sûrement avant toi, je pars tout de suite.

— Est-ce que tu peux demander à Maxime de gérer les clients ?

— Bien sûr, je vais lui en parler. À tout à l'heure.

— Un problème ? demande Max tandis que je raccroche.

— Ma mère est à l'hôpital, je dois y aller.

— Qu'est-ce qu'elle a ?

— Un accident de voiture. Papa demande si tu peux gérer les rendez-vous ?

— Évidemment, je m'en occupe.

J'attrape ma veste et me dirige rapidement vers la porte de mon bureau. Maxime, deux dossiers dans les mains, reste immobile tandis que je passe devant lui. Je lui dépose une bise rapide sur la joue, avant de filer.

— Tu me tiens au courant, me lance-t-il avant que je n'atteigne l'ascenseur.

J'acquiesce en lui faisant un signe de main. Je suis anxieuse. Même si cela ne semble pas grave, je n'apprécie pas tellement les hôpitaux. Ce n'est jamais bon signe. Je n'ai jamais été extrêmement proche de ma mère, pour autant, je m'inquiète pour elle et je l'aime, à ma manière, tout comme elle m'aime, à sa manière. Il n'a jamais été évident de me lier avec cette femme, beaucoup trop « soumise » à mon père. Bien sûr, ils ont eu une jolie vie et maman en a profité, mais seule Betty a un rôle de modèle, dans mon cœur. Ma mère et moi sommes à l'opposé, alors que Betty et moi sommes identiques, la même fibre artiste, le même besoin de s'évader. Et même si je me suis perdue ces dernières années, j'ai retrouvé ce petit frisson, mais cela va forcément m'éloigner de mes parents.

Lorsque je passe la porte, je suis surprise par le nombre de personnes patientant dans le hall de l'hôpital, il ne va pas être aisé de me rendre à son chevet. Après une attente qui me paraît interminable, je parviens enfin à connaître l'avancée des examens et je suis autorisée à la rejoindre.

— Maman ?

— Oh Allie, il ne fallait pas te déranger.

— Tu plaisantes. Comment te sens-tu ? demandé-je en posant ma veste sur un fauteuil.

— Ça peut aller, rien de grave, plus de peur que de mal.

— Tu es sûre ? Tu es toute pâle.

— J'ai eu peur, et puis je n'aime pas les hôpitaux.

— On est deux, répliqué-je. Que s'est-il passé ?

Je m'installe sur une chaise près de son lit.

— J'étais sur une ligne droite et une moto m'a doublée, elle s'est rabattue devant moi et comme je ne l'avais pas vue, j'ai été surprise. J'ai donné un mauvais coup de volant, je me suis retrouvée dans le fossé, en contrebas. Rien de grave, mais je crois que la voiture est dans un sale état.

— On se moque de la voiture, maman. Que t'ont dit les médecins ?

— Pas grand-chose, ils m'ont fait passer un scanner et ils m'ont auscultée. Je n'ai rien de cassé, je pense que tout va bien.

— D'accord, d'accord.

— Où est ton père ? s'enquiert-elle.

— Il arrive, il était à Cannes, il lui faut le temps de faire le trajet.

— Oui, bien sûr, je comprends.

— Il ne devrait plus tarder, tu sais.

— Je suis fatiguée, Allie. Je vais dormir un petit peu, en attendant ton père.

— Je reste dans les parages, d'accord ?

Elle ne me répond pas et s'endort presque aussitôt. Le choc a dû la secouer. Ma mère n'a jamais été très solide. La moindre broutille peut la bouleverser. Elle ne sait pas affronter les problèmes, bien au contraire, elle se repose systématiquement sur papa, c'est lui qui prend les décisions. Leur couple a toujours fonctionné ainsi.

Lorsque mon père arrive, je lui explique la situation. Il n'a pas beaucoup plus d'informations, il a du mal à trouver un médecin. Les pauvres sont particulièrement débordés. Je décide de faire le pied de grue dans le hall, à l'affût d'un professionnel. Nous désirons savoir s'il y a du nouveau.

Je suis perdue dans mes pensées, faisant défiler les différents réseaux sociaux sur mon smartphone pour m'occuper lorsque j'aperçois trois pompiers, accompagnés d'un patient transporté sur un brancard. Le plus âgé discute avec une infirmière, tandis que le plus jeune, visiblement secoué, se passe la main dans les cheveux. Une femme arrive en courant et se jette au cou du blessé, toujours allongé sur son lit de fortune. L'un des pompiers sourit, tout en essayant de la faire reculer pour ne pas bousculer la victime. La femme se dirige alors vers l'infirmière afin d'obtenir des informations, elle est plutôt virulente, et sa voix se transporte à travers les couloirs de l'hôpital malgré le brouhaha ambiant.

Mes derniers passages en ces lieux ne sont pas des plus heureux, mais un moment me revient à l'esprit.

Un jour, tandis que je repeignais notre chambre, une lubie soudaine de redécorer la maison m'ayant envahie, j'ai reçu un coup de téléphone de la caserne. Adam avait été blessé lors d'une intervention. Il avait été transporté à l'hôpital pour être soigné. Je devais m'y rendre au plus vite. Ce genre d'appel, lorsqu'on est la compagne d'un sapeur-pompier, on le redoute. On a beau savoir qu'il peut se produire, on n'est jamais vraiment prête.

Mes mains se sont mises à trembler et mon cœur à accélérer. Je n'avais pas beaucoup d'informations et c'était le plus difficile, car je m'imaginais le pire. Sur le trajet menant aux urgences, j'avais cette peur de voir ma vie basculer. Je ne voulais pas entendre de mauvaise nouvelle, je ne voulais pas qu'un drame nous frappe de plein fouet, je ne voulais pas perdre Adam. Je me rappelais nos moments ensemble, nos fous rires, nos projets. Je priais pour qu'il ne soit pas blessé, ou pire...

Sur place, j'ai réussi à avoir des renseignements de la part de ses collègues. Ils intervenaient sur un incendie dans une maison, ils étaient entrés afin d'évacuer une famille. Malheureusement, le toit s'était effondré sur Adam et son collègue de l'époque. La famille s'en était sortie indemne, mais les deux pompiers semblaient blessés.

L'attente a été insupportable. Je faisais les cent pas, je harcelais les infirmières, je guettais la moindre information. Finalement, Adam s'en était bien tiré. Une légère commotion, une entorse au poignet, des contusions et des bleus. Rien de grave au regard de l'incident. Il a eu le droit à quelques jours de repos. Je suis restée auprès de lui, trop heureuse de le retrouver entier et surtout vivant.

Lorsqu'il partait travailler, j'avais parfois cette appréhension, cette peur insensée qui me tiraillait, car je savais que chaque jour, un drame pouvait nous frapper. Mais je parvenais à vivre avec, à en faire abstraction. Pourtant, ce jour-là, j'ai vraiment cru que la chance tournait et je n'ai pas réussi à imaginer ma vie sans lui. Il était tout. Cet événement a eu le mérite de nous rapprocher davantage. Adam aussi a eu peur. Il a fait ce qu'il fallait et ils avaient sauvé cette famille, mais il n'était pas passé loin d'une issue dramatique et il le savait. Tout comme son collègue.

Je crois que nous avons parfois besoin d'une piqûre de rappel afin d'apprécier ce que nous avons, de savourer notre bonheur et notre quotidien lorsqu'on se noie dans des détails et des broutilles. Ce jour-là, j'ai eu ce petit rappel qui m'a permis de prendre conscience de ma chance de vivre avec Adam, de l'aimer, d'être aimée, d'être heureuse. Bien sûr, à l'époque, je n'avais pas imaginé ce qui allait nous frapper, quelques années plus tard. Je n'aurais jamais pu envisager cette possibilité et je crois que personne ne l'aurait pu.

— Bon ta mère va rester en observation un ou deux jours, ensuite, elle pourra rentrer à la maison. A priori, plus de peur que de mal.

— Tant mieux ! Je suis rassurée.

— Je vais retourner au bureau, elle s'est endormie, et selon les médecins, c'est normal, car elle est sous le choc.

— D'accord, je vais rester un peu avec elle, au cas où.

— Comme tu veux, tu m'appelles si jamais il y a du nouveau.

— Bien sûr, papa.

Il jette un dernier coup d'œil en direction de la chambre de ma mère et pour la première fois, j'ai l'impression qu'il est tiraillé entre cette envie de rester auprès de son épouse et cette nécessité de repartir travailler.

Trois heures plus tard, je suis de retour à la maison. J'ai fini par me résoudre à rentrer, maman ayant dormi quasiment tout l'après-midi. La journée a été riche en émotions et j'ai besoin de me changer les idées. Depuis des années, je n'ai plus touché un crayon, et pourtant, j'ai l'envie subite de dessiner. J'attrape un vieux calpin qui se trouve dans mes cartons et m'installe confortablement dans un fauteuil. Crayon à la main, des images plein la tête, je me plonge dans un autre univers, à la recherche de la paix, à la recherche du bonheur, prête à en découdre avec mes pensées profondes afin de démêler mes sentiments.

Chapitre 23

Adam

Le printemps est à présent bien entamé, les températures se font plus douces et agréables. J'aime cette période de l'année. L'hiver a été particulièrement rude à tous les niveaux. J'ai besoin de soleil, de luminosité, d'optimisme, de petits bonheurs du quotidien. En bref, j'ai besoin de voir la vie du bon côté après ces semaines éprouvantes. Je m'installe sur ma terrasse, avec le journal de la veille. Je l'ai pris chez Gabriel. C'est un rituel. Il l'achète tous les matins à l'épicerie du village et je le récupère le soir, lorsqu'il l'a terminé. Je ne lis pas tout, loin de là. Il y a assez d'horreurs dans ce monde, mais j'aime me tenir informé. Je feuillette les pages et m'arrête sur les articles qui m'intéressent, au gré de mes envies.

— Salut.

— Salut, bien dormi ?

— Ça a été ouais, ça fait du bien de ne pas être réveillé par les filles.

— Profite, ça n'arrivera pas tous les jours.

— C'est clair, répond Éric en se servant une tasse de café.

Il a passé la soirée et la nuit chez moi. Sa femme et ses filles sont parties en week-end chez les parents de Lucile. Nous en avons profité. Et je dois dire que cela m'a fait du bien. Nous avons bien sûr abordé le sujet Allie-souvenir-flash, mais juste assez pour le tenir au courant sans pour autant en parler pendant des heures. Bien au contraire, nous avons discuté de tout et de rien, nous avons fait une partie de basket devant le garage, nous avons mangé une pizza en buvant une bière sur la terrasse, en bref, j'ai pu prendre du recul sur la situation, faire le vide et savourer ces quelques heures de répit dans ma quête de la vérité. Éric et moi sommes très proches. La simple présence de l'autre suffit à nous faire du bien. Il y a quelques années de cela, Lucile est tombée enceinte, malheureusement, elle a fait une fausse couche. Il leur a été très difficile de surmonter cette épreuve. J'ai été là pour lui, tout comme il l'a été pour moi, après le drame. Beaucoup de personnes m'ont tourné le dos. On m'a accusé du pire, on m'a regardé de travers. Mais Éric a été présent, fort, l'épaule solide dont on a besoin dans la tempête. Mes collègues ont été ma famille. Aucun d'eux ne m'a critiqué ou jugé, ils m'ont juste soutenu jusqu'à ce que l'orage se calme. Lorsque les événements se bousculent et que tout semble s'effondrer, il demeure une petite poignée de personnes qui se montrent solidaires, à l'écoute. Nous ne sommes jamais vraiment seul, il faut simplement ouvrir son cœur et attraper la main tendue. Ce n'est pas toujours chose aisée quand la situation se complique et que l'on s'accuse de tous les maux, mais il faut, malgré tout, savoir se tourner vers les autres.

— Je voulais te demander ton avis sur quelque chose.

— Je t'écoute, dis-je en me resservant une tasse de café.

— J'ai envie de redemander Lucile en mariage.

— Vraiment ? C'est génial.

— Tu trouves ?

— Bien sûr. La connaissant, elle va adorer.

— Oui, je souhaite marquer le coup pour nos quinze ans ensemble. Ça se fête.

— Tu m'étonnes. Quinze ans, tu te rends compte ! Je ne sais pas comment elle fait pour te supporter, raillé-je.

— Je ne sais pas non plus, répond-il, presque sérieux.

— Tu as une idée pour refaire ta demande ?

— En fait, j'ai déjà la bague.

Il se lève et va fouiller dans la poche de sa veste. Il ramène un écrin qu'il s'empresse d'ouvrir.

— Elle est gravée.

Je regarde à l'intérieur de l'anneau. L'inscription « 15 ans, je t'aime » habille l'or.

— C'est superbe.

— J'ai envie de la surprendre. On a une vie merveilleuse, elle est tellement exceptionnelle. Et puis, avec le quatrième qui arrive, je veux qu'elle se sente bien.

— Je trouve que tu es une belle personne, dis-je en posant ma main sur son épaule. Tu es un mari et un papa formidable, je suis vraiment fier de l'homme que tu es devenu.

— Merci, répond-il, touché.

Je vois son sourire gêné, les larmes qui commencent à naître au coin de ses yeux. L'heure n'est pas à la mélancolie, mais Éric et moi n'avons pas eu une enfance facile. Nous avons pu nous en sortir. Lui un peu mieux que moi, il faut l'avouer. Mais je suis content de le savoir si épanoui. Il a fait quelques bêtises, plus jeune, puis il a tout arrêté lorsqu'il a rencontré Lucile. Grâce à elle, il a pu construire une vie stable, une belle famille. Il est heureux et je suis heureux pour lui.

Il referme l'écrin.

— Je compte faire ma demande le jour de notre anniversaire. J'ai invité sa famille et nos amis proches, est-ce que tu seras là ?

— Évidemment, je ne louperais ça pour rien au monde.

— J'ai juste une trouille bleue de gâcher la surprise, tu veux bien me garder la bague ?

— Bien sûr. Je te la rapporterai le jour J.

— Merci.

— Si tu as besoin que je fasse quoi que ce soit, tu me le dis.

— Ça ira, la mère de Lucile m'aide bien à tout organiser, elle est aux anges depuis l'annonce de la grossesse.

— J'imagine bien, elle a toujours été la super mamie gâteau.

— Oui, elle est géniale.

— Allons-y, c'est l'heure.

***

En fin de journée, je m'installe sur le canapé. La nuit est tombée, le calme règne dans le village. J'ai un petit coup de blues. Cela m'arrive, surtout quand je me retrouve seul le soir. J'envie mon ami, j'envie les rires et les cris qui inondent sa maison. Quoi qu'il en dise, et même si parfois il se plaint de l'agitation ambiante, il est fier de sa famille. Et moi, je n'ai rien. Pire, j'ai commis un acte ignoble qui a plongé *ma* famille dans l'effroi le plus total. M'éloignant ainsi des gens que j'aime, m'éloignant d'Allie.

Je regarde l'écrin posé sur la table basse du salon. Je ne peux m'empêcher de jeter un coup d'œil à ma main gauche. Je n'ai aucune marque, je n'ai jamais porté d'alliance. A priori nous ne nous sommes jamais mariés. Malgré tout, quelque chose m'intrigue.

J'attrape la petite boîte rouge. Je l'ouvre. Elle est simple, mais jolie, tout ce qui plaît à Lucile. Je la sors, je l'observe sous tous les angles. Au moment de m'allonger, un coussin tombe sur le sol. Je me penche pour le ramasser et tape dessus pour l'assouplir afin d'y reposer ma tête. Un flash m'emporte au moment où je le tapote avec ma main droite.

Nous sommes partis en week-end, tous les trois. Notre première journée a été riche en émotions, nous avons mangé en bord de mer, nous nous sommes baignés, nous avons fait du vélo. Des moments idylliques au milieu du tumulte du quotidien. Nous avons décidé de camper dans le salon. Il faisait chaud et nous entendions le bruit des vagues qui léchaient le sable en contrebas. Nous avons installé des coussins et des couettes sur le sol afin de rendre le carrelage plus confortable. Allongés sur le côté, Maelly entre nous deux, nous la regardions dormir avec tendresse. J'ai pris le temps d'observer Allie, elle était rayonnante de bonheur. Elle chantonnait à voix basse. C'était leur rituel, à toutes les deux. La complicité qui les unissait était sincère. J'ai été envahi et enveloppé par une bouffée d'amour. Juste à les voir là, toutes les deux, devant moi. Allie si tendre et aimante. Maelly si belle et innocente.

— Cette journée a été merveilleuse, ai-je fini par chuchoter.

— C'est vrai, c'était parfait.

— Tu es une mère exceptionnelle, une compagne formidable, je voulais que tu le saches.

— Merci, mon cœur, mais tu es tout aussi exceptionnel.

J'ai souri.

—   J'ai envie que ça continue, encore et encore, jusqu'à ce que le temps nous manque.

—   Il n'y a pas de raison que ça s'arrête, a-t-elle répondu.

J'ai marqué un silence. Pesant mes mots. J'avais effectivement envie de passer ma vie auprès d'elle, de la voir sourire chaque matin, rire chaque jour, s'endormir chaque soir. Je voulais avoir d'autres enfants avec elle, je voulais vieillir à ses côtés.

—   Épouse-moi, ai-je alors lancé la voix tremblante.

Elle a paru surprise. Sur le coup, il me semblait qu'elle avait le souffle coupé, incapable de parler.

—   Oui, a-t-elle fini par répondre, les yeux pétillants.

—   Je suis désolé, je n'ai pas de bague, je n'avais pas...

Je n'ai pas eu le temps de terminer ma phrase, elle m'a embrassé avec empressement. Cette nuit-là, nous avons dormi tous les trois, heureux, un sourire greffé sur nos lèvres. On n'aurait pu rêver moment plus merveilleux.

Nous ne nous sommes jamais mariés. La disparition de Maelly a précipité notre couple dans le néant. Tout comme notre histoire, nos projets et notre avenir.

Chapitre 24

Allie

Ma chère Allie,

J'ai tenu à t'écrire ces quelques lignes, car depuis mon départ, j'ai beaucoup pensé à toi.

Je sais que tu te poses de nombreuses questions, et je crois que c'est le moment pour moi de te dire ce que je pense de tout cela, et le moment pour toi de faire les bons choix.

Ta vie n'a pas été des plus radieuse. Tu as subi un drame horrible que je ne souhaite à aucune mère. Personne ne devrait avoir à affronter ce genre de douleur. Mais tu traînes cette souffrance depuis trop longtemps, tu t'empêches de vivre, de ressentir des émotions, d'aimer, d'être aimée. Tu t'empêches simplement d'être heureuse. Et je ne veux plus te voir gâcher ta vie ainsi. Tu as perdu de nombreuses années à ressasser ce mal qui te ronge.
Il est temps d'aller de l'avant, d'oublier ta douleur, de pardonner Adam. Tu as une existence à mener, tu peux encore fonder une

famille, tu peux faire de la photographie, tu peux même quitter le sud. Tu as tout un monde qui s'offre à toi, il ne tient qu'à toi de le conquérir.

Vis, vibre, souris, explore, avance. Je crois en toi et je serai toujours là pour toi, mais cesse de te flageller pour ce qui est arrivé à ta fille. Tu as le droit d'être heureuse.

Je t'aime.

Betty

J'ai relu cette lettre une bonne dizaine de fois, m'arrêtant sur chaque mot.

Betty a toujours lu en moi, je n'ai aucun secret pour elle. Je sais qu'elle a raison et j'ai compris que je devais tirer un trait sur mon passé, mais je ne m'en sens pas capable. Comment oublier le décès de son enfant ? Comment oublier que c'est son compagnon qui l'a tué ? Comment surmonter ce genre de drame ? J'ai bien conscience que Maelly ne reviendra pas, et je dois dire qu'avec le temps j'ai appris à l'accepter. Je n'ai pas oublié, loin de là. Elle était tout pour moi, pour nous. Mais j'ai mal, mal, car je n'ai pas pardonné Adam. C'était un accident, peut-être que ça aurait pu m'arriver, peut-être que non. Mais lorsqu'on perd un être cher, lorsqu'on perd son enfant, on a besoin d'un coupable, parce que la douleur est trop intense.

Peut-on trouver la force de pardonner lorsque l'homme que l'on aime a commis l'irréparable ? Doit-on surmonter cet accident pour se rappeler l'amour que l'on éprouvait l'un pour l'autre ? Doit-on affronter la vérité pour construire l'avenir ?

Je ne sais pas comment m'y prendre. J'ai peur que tout change. Et si j'admets l'évidence, et si je lui pardonne, que deviendra ma douleur ? Sera-t-elle toujours aussi violente ? Est-ce lui tourner le dos que d'accepter et de pardonner son père ? Est-ce qu'avancer signifierait oublier ce qu'elle a subi ? Est-ce l'abandonner que de fonder une nouvelle famille ?

Je ne trouve pas les réponses à ces questions, car mon cœur est dirigé vers cette famille que j'avais, il y a longtemps, lorsque tout nous souriait. Juste avant le drame, ce jour maudit qui a tout fait basculer.

Maelly était chez mes parents pour le week-end. Nous avions décidé de nous offrir deux jours en amoureux. Dimanche en fin de journée, Adam a pris la voiture pour aller chercher notre fille, tandis que je développais des photos pour un article. Une heure plus tard, un appel, ce fameux coup de fil qui bouleverse votre vie. Celui qui annonce la terrible nouvelle. Vous regrettez d'avoir décroché, car quelques secondes auparavant, vous étiez heureux, épanoui, bien dans votre vie. Et puis, au moment où les mots sont prononcés, tout change. Rien ne sera plus jamais comme avant, vous le savez, mais vous ne voulez pas y croire. Tout s'enchaîne, tout s'embrouille dans votre esprit. Tel un automate, vous vous rendez à l'hôpital, mais il est trop tard. Vous n'avez pas pu la serrer une dernière fois dans vos bras, l'entendre rire, lui dire que vous l'aimez. Vous ne pouvez que constater que ce petit être qui compte plus que votre propre vie est sur le point de rejoindre les étoiles.

Adam a passé une heure avec mon père. Ma mère étant absente. Ils ont discuté sur la terrasse pendant que Maelly jouait dans le jardin avec Bobby, son ours en peluche. Et puis, au moment de repartir,

Adam et papa sont montés avec ma fille à l'étage pour récupérer ses affaires. Une dispute a éclaté, car Adam a annoncé notre départ prochain à mon père. Nous avions décidé de partir voyager après notre mariage. Dans sa furie, Adam a frappé Maelly qui s'était approchée, apeurée par les cris. Elle a basculé dans le vide et s'est écrasée sur le sol de l'entrée, au rez-de-chaussée.

Bien sûr, j'aurais pu pardonner, j'aurais pu me dire que c'était un accident et que dans l'altercation, il n'avait pas souhaité faire de mal à Maelly. Mais je n'ai pu me résoudre à oublier cet événement. Il a commis l'irréparable, il a été violent avec notre enfant, il l'a tuée. Je lui en voulais, j'avais besoin d'un coupable. Et c'était lui.

Mon père m'a avoué avoir tenté de calmer Adam, de rassurer Maelly, mais il était hors de lui. Ma petite Maelly est morte à l'hôpital, quelques dizaines de minutes après son arrivée. Je ne peux oublier la vue de ma fille, allongée sur ce lit glacial, immobile, aussi blanche qu'un drap. J'ai serré sa main inerte. J'ai caressé ses cheveux, je lui ai chantonné une douce mélodie pour l'apaiser. Je ne voulais pas qu'elle se sente seule, je ne voulais pas qu'elle ait peur. Je ne pouvais rien faire et je savais qu'elle allait nous quitter. Les médecins nous ont expliqué qu'il n'y avait rien à faire. Alors j'ai savouré chaque seconde passée près d'elle. J'ai gravé dans ma mémoire chaque trait de son visage, chaque détail. J'avais conscience que je n'allais plus la voir et cette idée m'était insupportable. Comment se préparer à la perte de son enfant ? Les enfants ne sont pas censés partir avant leurs parents. Ils les élèvent, ils les aiment, ils les guident, les accompagnent, mais jamais ils n'envisagent de partir après eux. Et ce jour-là, c'était ce qui allait se produire et je tentais de me préparer, sans y parvenir, car je refusais de voir mon enfant mourir. J'ai pleuré lorsqu'elle a émis son dernier souffle. Tellement pleuré, pendant des jours, sans arriver à m'arrêter. Mes parents m'ont hébergée, je ne me sentais pas capable de rentrer à la maison, de voir les affaires de ma fille.

Et Adam...

Adam a été admis après une chute dans l'escalier, en voulant secourir Maelly. Il est tombé dans le coma, durant une quinzaine de jours. Il avait un traumatisme crânien, des coupures, des hématomes et un poignet cassé. Et surtout, il avait perdu la mémoire. Je ne pouvais pas lui hurler dessus, lui crier ma peine, lui reprocher ses actes, car il ne se souvenait plus de rien. Il ne se souvenait ni de sa fille ni de moi. Il n'a pas pu lui dire au revoir. Je ne comprenais pas. J'ai même pensé qu'il le faisait exprès pour ne pas assumer. Mais le temps passant, je me suis rendu compte qu'il ne mentait pas, il avait tout oublié. C'était injuste, lui ne souffrait pas, il ne se rappelait pas notre enfant, notre amour, notre vie de famille donc il ne subissait aucune douleur, contrairement à moi qui devais affronter ce drame, seule.

Nous avons fini par rompre tout contact, il a recommencé une nouvelle vie, loin de nous et j'ai tenté de remonter la pente, tout doucement, aidée par mes parents. Mais cette histoire a un goût d'inachevé, d'incompréhension. Elle ne s'est pas terminée correctement, je n'ai pas pu vider mon sac, extérioriser mes sentiments. Betty me répète souvent que j'ai tout gardé en moi et que c'est ce qui m'empêche de refaire vraiment ma vie, d'aimer, de vivre. Elle pense que j'ai tellement tout enfoui que je suis comme morte et vidée de toute émotion. Elle m'a dit qu'il vaut mieux ne pas se trouver dans les parages le jour où j'exploserai.

J'ai donc tout recommencé, sans Adam, sans Maelly, sans amour. Maxime a beau être solide et honnête, il n'est pas du tout le genre d'homme qui me fait vibrer, il faut l'avouer. Il m'a apporté ce dont j'avais besoin à l'époque et grâce à lui, j'ai avancé, pas à pas. Mais je me rends compte de la faiblesse de mes sentiments à son égard par rapport à mes sentiments pour Adam. Après des années de latence, mon cœur se remet à éprouver des émotions, à battre. J'ai envie et je dois aller dans la bonne direction. Je me dois de me remettre sur pieds. Je me surprends à me demander si Adam s'en est sorti, comment il va, s'il est toujours pompier, toujours dans le coin. Je n'ai pas réussi à lui pardonner, mais je ne peux cesser de penser à lui. Parfois, même quand ça fait mal, on ne peut s'empêcher d'aimer, d'aller dans cette direction, de se brûler les ailes. Parce qu'on se laisse guider par son cœur et non par sa tête. Et j'ai Adam dans la peau, c'est certain. Nous avons eu une belle vie et une magnifique petite fille, et je ne peux oublier ces instants précieux. Mon regard se pose sur ce tatouage qui orne mon avant-bras, le même que celui d'Adam. Tant de choses nous relient et nous séparent en même temps. Je laisse mes doigts glisser sur ma peau redevenue lisse avec le temps. Je me rappelle le jour où nous l'avons fait, ensemble, pour notre fille, pour nous, pour notre amour. Nous étions heureux, insouciants, inconscients du drame qui se jouait en coulisse, prêts à surgir sur la scène pour nous enlever chaque once de bonheur et de vie qui nous habitait.

Il arrive que je me demande si j'ai eu la bonne réaction. Bien sûr, j'ai perdu mon enfant, mais aurais-je dû lui pardonner ? L'épauler ? Être là pour lui, pour l'aider à recouvrer la mémoire ?

Je regrette parfois mon comportement, mais je n'ai rien prémédité, je n'ai pas réfléchi, j'ai réagi avec mon cœur, agi selon mes émotions. On ne peut pas vraiment m'en blâmer.

Se souvient-il de nous, à présent ? Pense-t-il à moi ? Au fond, j'espère que non, car je n'ai jamais eu de ses nouvelles, pas un message, pas un mot. J'essaye de me convaincre qu'il ne s'agit pas d'un acte délibéré de sa part, mais bien d'une réaction due à son amnésie.

Car moi, je ne peux l'oublier.

Chapitre 25

Adam

Les derniers rendez-vous avec le docteur Hugo m'ont amené à ce jour dramatique. Nous sommes sur le point de démêler mes souvenirs afin de parvenir à débloquer ce bout de vie qui me manque désormais. Tout est dans ma tête, bien enfoui. Finalement, il ne me faudrait pas grand-chose pour que tout me revienne. J'ai réellement tout enterré, inconsciemment, pour me protéger de cette douleur. Mais je me suis aussi privé de tout ce bonheur vécu avec ma famille. Tout cet amour que je ressens pour Allie et notre fille. J'ai mis de côté ces sentiments merveilleux, et aujourd'hui, même s'il me manque encore d'innombrables passages de notre existence ensemble, j'arrive au point de non-retour. Je dois aller au bout de cette incursion dans mes souvenirs, je dois découvrir ce qu'il s'est passé ce jour-là.

Et j'ai peur. Terriblement peur.

On m'a tout raconté, je connais les détails de cette journée, ou presque. Je suis anxieux à l'idée que tout me revienne, car j'ai peur de la douleur qui va m'envahir. Je me souviens déjà de ma fille et je vais peut-être réussir à me remémorer ce moment qui a tout brisé, ce jour maudit où je l'ai tuée.

— Comment vous sentez-vous ?

— Bien.

— Vous n'êtes pas très convaincant, réplique le praticien.

— Je suis heureux de me rappeler ces éléments qui me manquaient depuis si longtemps. Je les ai tellement aimées, c'est viscéral, elles sont en moi.

— Vous aimez toujours Allie ?

— J'en suis certain, oui, c'est très étrange. Il me semble que le temps était suspendu et qu'il vient de reprendre son cours. J'ai les mêmes sentiments pour elle qu'au moment où nous nous sommes quittés. Voire peut-être un peu plus forts, en raison de son absence.

— Je comprends. Qu'est-ce qui vous dérange, dans ce cas ?

— D'avoir tout oublié, d'avoir perdu toutes ces années, d'avoir perdu ma famille. Et surtout je suis terrorisé à l'idée de me souvenir du décès de Maelly.

— Vous pensez que vous ne parviendrez pas à affronter cette épreuve ?

— Je n'en sais rien. La première fois, j'ai perdu la mémoire, je vous rappelle. C'est dire à quel point je souffrais de tout cela, alors imaginez que je n'arrive pas à encaisser.

— Et Allie ? A-t-elle surmonté cette peine ?

— Je ne sais pas.

— N'avez-vous jamais essayé de la contacter ?

— Non. Je ne sais pas ce qu'elle est devenue. J'espère qu'elle est heureuse et en paix.

— Vous pensez qu'elle vous a pardonné ?

— Je ne crois pas. Si vous aviez vu son regard après le drame. Je me rappelle les quelques fois où je l'ai croisée à l'hôpital et juste après. Elle me détestait.

— Êtes-vous certain qu'elle vous détestait ?

— Oui. Mais pourquoi dîtes-vous cela ?

— Parfois, lorsqu'on souffre, on a besoin de trouver un coupable, et Allie a reporté sa haine contre la vie, contre le destin, sur vous. Elle vous aimait, mais elle n'a pas dû gérer sa douleur, tout comme vous.

— Ça ne change rien. On ne peut pas pardonner la personne qui a tué son enfant.

— Et si ça lui était arrivé ?

— Je ne sais pas comment j'aurais réagi.

— Votre amnésie n'a pas dû être évidente pour Allie. Elle ne pouvait rien vous demander, elle ne pouvait pas vous parler. Vous n'avez pas pu la rassurer, vous excuser, lui expliquer votre geste.

— J'en ai conscience, et je m'en veux. Elle a dû vivre un enfer. Devoir affronter la mort de notre fille, seule, et ma perte de mémoire en même temps. Tout s'est écroulé pour elle. Je n'imagine pas sa peine.

— Il n'est jamais trop tard, Adam.

— Vous croyez ?

— Je crois que la vie est courte et qu'il faut tout faire pour retenir les gens qu'on aime.

— Je ne vous cache pas que je rêve de la retrouver, de la serrer contre moi, de voir ce merveilleux visage. Mais je ne m'en sens pas le droit.

— Peut-être est-il encore temps de vous excuser...

— Je n'ai pas envie de la replonger dans toute cette souffrance, si elle a réussi à refaire sa vie et à effacer ce drame. Comment pourrais-je tout faire exploser à nouveau...

— On ne peut pas oublier ce genre d'épreuve, Adam.

À l'évocation d'une rencontre avec Allie, mes mains sont devenues moites. Comment dire à la femme que vous avez aimée *« Salut, je suis désolé d'avoir tué notre fille et d'avoir perdu la mémoire, j'espère que tu vas bien et que tu me pardonnes. »* Évidemment, pas sous cette forme, mais l'idée est là. Cela me paraît inconcevable. Pourtant en rentrant chez moi, j'entreprends de mener ma petite enquête sur internet. J'ai juste envie de savoir si elle est toujours dans le sud, si elle va bien, si elle a à nouveau une famille. Et grâce aux réseaux sociaux et à Google, je suis certain que je vais parvenir à découvrir quelque chose.

Après plusieurs minutes de recherche, je commence déjà à désespérer. Ce n'est pas aussi facile que prévu, mais je finis par trouver des informations sur le site du cabinet d'avocats de son père. Allie a apparemment rejoint son équipe. Je suis déçu, elle qui s'est battue pour quitter le droit et se lancer en tant que photographe professionnelle. Le drame a sûrement tout bouleversé dans sa vie. Je ne peux décrocher mon regard de son visage. Elle est belle. Mon cœur rate un battement. J'ai envie de lui hurler que je suis désolé et que je l'aime toujours autant.

En continuant mes recherches sur le site, je me rends compte qu'elle porte le même nom qu'un autre avocat. Un certain Maxime. Elle est donc mariée.

Mon cœur se brise. Un poignard vient de me transpercer de part en part. Qu'ai-je imaginé... Elle est belle, intelligente, talentueuse. Il est normal qu'elle ait refait sa vie. N'importe quel homme serait tombé amoureux d'elle.

Au fond je suis jaloux. De mon côté, je n'ai rien construit. Devais-je m'attendre à ce qu'elle ne pense qu'à moi ? Sûrement pas. Je dois être réaliste. Allie a tiré un trait sur nous, sur notre histoire, et elle a raison. Je dois être un monstre à ses yeux. Peut-être a-t-elle une belle maison, des enfants, une jolie vie. C'est ce que je lui souhaite même si je n'ai qu'une envie... être à la place de ce Maxime.

Après une pause de quelques minutes sur ma terrasse afin de reprendre mes esprits, je me remets sur l'ordinateur pour effectuer d'autres recherches. Grâce à son nom de famille, je parviens à dénicher un compte Facebook ainsi qu'un compte LinkedIn[7]. Beaucoup de photos d'elle avec ses parents, avec Maxime. Énormément de rendez-vous professionnels, d'articles sur les prouesses du cabinet. Ils semblent avoir réussi.

Au bout du compte, je me résous à lancer Google chrome[8]. En tapant son nom marital, je trouve le même type d'informations. La plupart professionnelles. Quelques photos de mariage. Rien de transcendant. Je suis au plus bas en la découvrant dans sa robe de mariée, le sourire aux lèvres, tandis que nous devions nous marier avant le drame. Elle a dit oui, mais à un autre homme. Je ne peux me résoudre à accepter que je l'aie perdue. C'est *mon* Allie, ma compagne, la mère de notre Maelly.

Je décide de taper son nom de jeune fille, sans grande conviction.

---

[7] **LinkedIn** est un réseau social professionnel en ligne créé en 2003 à Mountain View.

[8] **Google Chrome** est un navigateur web développé par Google

Et j'aurais mieux fait de m'abstenir. De nombreux articles citent l'accident. Le nom de son père est noté partout. Le mien, assez peu. Mais Charles est connu dans la région, son cabinet a bonne réputation tandis que je ne suis personne.

Les photos de la maison de Charles, de notre maison, d'Allie qui pleure, de la cérémonie pour l'incinération, me retournent le cœur. Je me dois de continuer, mais je lutte contre mon envie de jeter mon ordinateur à travers la pièce. Je sens que je dois me confronter à tout cela, pour la première fois depuis des années. Il faut que j'affronte la vérité. Je fais défiler les articles, les photographies, les commentaires des gens.

Des mots me frappent : « fillette », « drame », « décès », « chute », « horreur », « famille brisée », « drame domestique ». Une photo de Maelly attire mon attention. Ses cheveux blonds retombent sur sa robe bleue fleurie. « *Une petite fille est morte cet après-midi dans un terrible accident domestique.* » Cette fois, je ne peux retenir mes larmes. Je donne un coup de poing sur la table. La douleur se fait de plus en plus forte. Mais je ne suis pas au bout de mes peines, je dois me rappeler. Il le faut.

Un article me permet d'avancer davantage dans mon entreprise. Tout l'accident y est relaté en détail, ainsi que les heures qui ont précédé le drame.

Des flashs s'imposent à moi. Mon week-end avec Allie, mon trajet pour rejoindre la maison de ses parents, Maelly qui joue dans le jardin, son ours en peluche, les escaliers, la rambarde, une robe bleue, les pompiers qui nous secourent, le sang, le bruit d'un corps qui s'écrase sur le sol, les rires de Maelly, des chaussures rouges et blanches, les sirènes, les pleurs, le moment passé avec Charles sur la terrasse, les cris.

Tout est mélangé, les images me parviennent dans le désordre. Elles ne sont pas claires, elles sont soudaines. Je tente de démêler tout ce qui se présente à moi, mais j'ai le cœur serré. L'émotion provoquée par ces souvenirs est difficile à encaisser. Je ferme l'ordinateur et me lève d'un bond pour faire quelques pas. J'essaye de faire taire mon esprit, d'effacer ces quelques flashs qui tournent en boucle dans ma tête. Je vais devenir fou. Je ne peux supporter l'image de Maelly, ce bruit d'un corps qui s'écrase, le sang... De douleur, je pousse un cri bestial, il provient du plus profond de mon âme, de l'homme meurtri que je suis, de l'homme blessé par la vie, et je m'écroule à genoux sur le sol. Les larmes ont inondé mon visage, mon souffle est saccadé, je ne suis plus rien en cet instant. Jazz me rejoint et pose sa tête sur mes cuisses. Je le caresse d'une main distraite. La soirée s'annonce rude, je n'ai envie de rien. Je suis déjà submergé par l'émotion alors que je ne me rappelle pas encore de tout. Comment vais-je parvenir à affronter cette peine qui va probablement m'envahir ? Comment Allie a-t-elle fait pour avancer ? Je ne sais pas si j'ai les épaules assez solides, je ne sais pas si je serai capable de surmonter ce passé si terrible.

Chapitre 26

Allie

Les jours qui suivent l'accident de ma mère sont étranges. Ce petit passage à l'hôpital a eu le mérite de raviver des souvenirs enfouis depuis longtemps. De mauvais souvenirs, évidemment. Mon esprit est brumeux, envahi par le passé, les doutes, mais aussi l'espoir et l'envie de changer de chemin.

Bizarrement, au lieu de m'anéantir, le souvenir du décès de Maelly, les mots de Betty m'ont donné un coup de pied aux fesses. Je souhaite reprendre les choses en main, et pour cela, je vais devoir chambouler ma vie. Je l'ai déjà fait, il y a quelques années, mais aujourd'hui, je dois agir seule. Face à mes parents, face à Maxime, la tâche va être ardue. Je ne suis pas certaine d'en sortir indemne, il me faudra peut-être prendre des décisions irréversibles. Mais tant pis, au nom de ma fille, je me dois de vivre pleinement, je ne peux plus me laisser sombrer ainsi et me contenter de cette vie monotone et sans saveur.

— Pourquoi est-ce toi qui viens me chercher ?

— Merci, maman, ça fait plaisir.

— Oh pardon, ma chérie, ce n'est pas ce que je voulais dire, mais ton père m'avait dit qu'il viendrait.

— Il est occupé maman. Un dossier important.

— Ah d'accord.

Les réactions de ma mère sont toujours en dents de scie. Elle est à la fois déçue et fâchée, je le sens, mais elle ne le montre pas, bien au contraire. Dans la seconde qui suit, elle semble comprendre et accepter la situation. Comme si tout était normal, comme si elle s'était faite à tout cela. Elle s'est habituée aux empêchements de mon père, à sa charge de travail, à toutes ses promesses non tenues et à ses absences.

Un sourire de façade se greffe sur son visage. Quelqu'un d'extérieur ne s'en serait pas rendu compte, mais moi, je la connais. Pourtant, aucun reproche ne sera fait à papa, jamais une plainte, rien.

— Tu veux que je reste avec toi cet après-midi ? demandé-je tandis qu'elle grimpe dans ma voiture.

— Mais non, je vais bien, tu devrais aller travailler.

— Comme tu veux, dis-je en démarrant, ça ne me dérange pas, tu sais.

— C'est gentil, Allie, mais je n'ai rien, regarde, seulement quelques bleus. J'ai juste hâte de rentrer prendre une vraie douche à la maison.

Le trajet se déroule dans le plus grand silence. C'est souvent le cas entre nous.

Une fois chez elle, ma mère se rend directement dans la cuisine pour vérifier le contenu du réfrigérateur. Satisfaite de constater qu'il est plein, elle range quelques affaires qui traînent.

— Je vais y aller, dans ce cas...

— Oh bien sûr, réplique-t-elle en se rendant compte que je suis toujours présente. Tu repasses quand tu veux. Venez dîner avec Maxime, ça fait longtemps.

— D'accord, on passera, dis-je en l'embrassant.

Je regagne ma voiture, le cœur lourd. Je sais que je vais chambouler l'équilibre de cette famille en décidant de tout remettre en question.

Le soir même, j'attends le retour de Max. J'ai passé le reste de la journée à préparer ma plaidoirie. Mon mari a plutôt accueilli favorablement mon besoin de reprendre la photo, mais en tant que passe-temps. Comment va-t-il réagir à mon envie d'en faire mon métier à nouveau ? Sera-t-il un soutien ? Va-t-il se ranger aux côtés de mon père qui sera forcément contre ?

J'ai étalé des photos sur la table basse. Je souhaite lui montrer que je suis douée, que j'ai du talent et qu'il y a quelques années, j'ai réussi à percer dans le milieu. Je veux qu'il croie en moi, mais ce n'est pas gagné, car il est comme papa. Il est d'accord pour me soutenir, à condition que cela ne perturbe pas notre quotidien, que mes choix entrent dans le cadre de ce que nous avons décidé.

— Salut, me lance Maxime en s'écroulant sur le canapé.

— Tu es fatigué ?

— Crevé ! Ton père m'a épuisé, aujourd'hui. Et avec ton absence, on a dû mettre les bouchées doubles.

Et bim, prends-toi ça dans les dents... !

— Désolée de vous avoir mis en difficulté.

— Ce n'est pas ce que je voulais dire, Allie. Comment va ta mère ?

— Étonnamment bien !

— Tant mieux, c'est une bonne nouvelle.

— Oui, elle était déçue que papa ne vienne pas la chercher.

— Il n'aurait pas pu se libérer, on n'a pas arrêté.

— J'avais bien compris, dis-je en regardant mes photos pour me donner du courage.

— Tu as sorti plein de vieilles affaires !

— J'avais envie de me plonger dans mes souvenirs.

— Ce sont de jolis clichés ! dit-il en les saisissant.

— Merci. J'aimerais qu'on parle.

— Ce n'est pas déjà ce que nous faisons ? ironise-t-il.

— Tu m'as comprise.

— Je t'écoute, dit-il, l'air plus sérieux.

— Je veux changer de voie.

— Changer de voie ? C'est-à-dire ?

— Reprendre la photo.

— D'accord, mais on a déjà eu cette discussion.

— C'est vrai, mais j'aimerais la pratiquer à temps plein, en faire mon métier à nouveau, en vivre.

— Allie, tu as arrêté depuis longtemps. Ton père a fait des pieds et des mains pour t'embaucher au cabinet, tu as travaillé dur pour avoir ton diplôme d'avocate.

— Je sais tout ça.

— Et c'est stable, c'est sûr. Tu peux continuer la photo comme un loisir.

— Je n'ai pas envie d'en faire un loisir, je veux en faire mon métier.

— Allie, réfléchis, tu pourras reprendre le cabinet, on pourrait même le reprendre ensemble quand il partira à la retraite.

— Tu as pensé à tout...

— Oui, je pensais qu'on en avait envie tous les deux. Ça pourrait être sympa.

— Ce n'est pas ce que je souhaite.

— J'ai l'impression que c'est juste une lubie et que ça va te passer. En ce moment, tu es bizarre.

— Comment ça ? m'étonné-je.

— Tu sors tes vieux souvenirs. Tu reprends la photo. Tu ne bosses plus autant qu'avant, tu t'absentes. Ça se ressent au cabinet.

— Oui, j'ai envie d'autre chose.

— OK, peut-être. Moi aussi, tu sais. Mais, le travail s'accumule pendant que tu te balades en campagne pour t'amuser avec ton appareil.

— M'amuser ? Je te remercie pour ton soutien.

— Allie, que tu prennes des photos le dimanche pour te détendre, passe encore, mais tu ne vas pas tout plaquer pour ce passe-temps.

— Ce n'est pas un passe-temps, m'énervé-je. J'en vivais, je gagnais bien ma vie, je te rappelle.

— C'était il y a longtemps. Aujourd'hui, tu es avocate.

— Ça ne me plaît plus. Comme à l'époque, je me rends compte que je n'ai pas envie de faire ça toute ma vie.

— On dirait des caprices de gamine, dit-il en se levant pour se diriger vers la chambre.

Je reste bouche bée. Je m'attendais à cette réaction, mais

entendre Maxime prononcer ces mots m'a laissée sans voix. Je sais que je n'aurai aucun soutien de son côté. Il se ralliera à mon père quoi qu'il arrive. Je vais devoir affronter la tempête, seule.

Le lendemain, je décide d'agir. J'ai conservé un ancien carnet dans lequel j'ai noté toutes les coordonnées de professionnels de la publicité, de la presse, de la photo. En bref, tous mes contacts avec lesquels je travaillais à l'époque. Bien sûr, il ne va pas être aisé de les convaincre de me laisser une chance, mais j'ai envie de tenter. Et même si j'essuie des refus, cela m'importe peu, je me dois d'essayer. J'avais bonne réputation dans le métier et tout le monde sait pour quelle raison j'ai tout quitté. Peut-être accepteront-ils mon choix, mon besoin de tout abandonner pour mieux revenir ?

Je me rends au bureau comme à mon habitude, pour donner le change. Je dois me plonger dans les dossiers. Il est vrai que j'ai du travail en retard et même si cela ne me plaît plus, je comprends aussi l'avis de Maxime. Il faut que je tienne mes engagements. Lorsque l'étage se vide vers 12 h 30, j'en profite pour attraper mon téléphone et commencer à passer mes appels. Maxime et papa sont partis déjeuner avec un client. Une aubaine, j'ai le champ libre. La secrétaire du cabinet a eu la gentillesse de me ramener un sandwich. Elle a l'habitude, nous déjeunons souvent sur le pouce. J'ai donc tout le loisir pour me plonger dans mon vieux carnet. J'ai décidé de ne pas viser trop gros. Je dois décrocher de petits contrats histoire de remettre le pied à l'étrier, de me prouver que j'en suis encore capable. Il me faut des arguments pour convaincre ma famille de me soutenir.

Après trois appels qui ne mènent à rien, je commence déjà à désespérer. Ils ont tous des photographes sous le coude et ils ne peuvent pas me faire travailler. Ils comprennent la raison de mon départ, mais selon eux je suis grillée dans le métier. Je fais une pause pour grignoter mon sandwich. Mon regard se pose sur la mer. Le paysage est magnifique, une étendue d'eau à perte de vue, le soleil qui brille haut dans le ciel, les gens qui se baladent sur le littoral... Tout cela me donne envie d'attraper mon appareil et de partir me promener sans but...

Dix minutes plus tard, je reprends mes recherches. Revigorée par cette envie de vivre de ma passion, ce désir de retourner à la source, à l'essentiel. Et la chance finit par me sourire. Un magazine de voyage a besoin de quelques photos du sud de la France : Nice, Menton, Cannes, pour un prochain article. Le photographe s'est désisté, car il a eu une meilleure opportunité. C'est parfait. J'ai souvent travaillé pour ce magazine, mitraillant les plus beaux lieux et monuments du monde entier pour leur donner de la matière pour leurs articles touristiques. Ils m'apprécient et veulent bien me faire confiance. Après les avoir longuement rassurés, je raccroche, ravie. Je ne dois pas me louper, pour le coup, il faut que je relève le défi pour lancer à nouveau ma carrière. J'y crois.

L'après-midi me paraît beaucoup moins oppressant, car la seule pensée qui m'habite est cet espoir de changer de vie. Je n'ai qu'une hâte, partir à la conquête des villes du littoral pour faire les plus belles photos possibles.

Chapitre 27

Adam

Le lendemain, je décide de me changer les idées en allant me promener avec Jazz. Je n'ai pas pris le temps de m'occuper de lui depuis un moment. Il faut dire que mon quotidien est bouleversé par mes découvertes récentes. Mais je sens qu'il me faut une pause, un instant de calme au milieu de cette tempête émotionnelle. Nous empruntons la voiture de Gabriel afin de nous rendre au lac du Broc[9]. L'endroit n'est pas trop fréquenté en dehors de la période estivale, juste quelques personnes qui viennent promener leur chien ou encore courir. J'aime cet espace. Nous n'avons que très peu de lacs par chez nous, alors cette étendue d'eau, un peu à l'écart de la ville, est une aubaine. Jazz s'en donne à cœur joie. Au départ, je le tiens en laisse. Je ne l'ai pas depuis longtemps et même s'il est plutôt obéissant, je ne suis pas rassuré à l'idée qu'il s'échappe. Puis

---

[9] **Le lac du Broc** est situé non loin du littoral, au nord de la plaine du Var. 50 hectares d'activités en pleine nature, de promenades familiales, de détente, propice aux activités sportives.

au bout d'un moment, m'apercevant que les alentours sont déserts, je me lance et le détache. Il n'ose pas bouger dans un premier temps, attendant mon ordre. Il est assis à mes pieds, guettant ma réaction.

« *Vas-y !* » lui dis-je alors, pressé de le voir s'amuser.

Il ne se fait pas prier et se propulse sur le chemin. Il n'est jamais loin et s'arrange pour ne pas me perdre de vue. Tantôt sur la terre, tantôt dans l'herbe qui borde le lac, il renifle tout ce qu'il peut et court dans tous les sens. Cela semble faire longtemps qu'il ne s'est pas dégourdi les pattes. Lorsque je sors une balle de ma poche, il revient à toute vitesse pour la réclamer. S'en suit une quinzaine de minutes de jeu. Je suis ravi de voir Jazz heureux, mais surtout cela me fait un bien fou. Jamais je n'aurais pensé qu'un animal puisse à ce point m'apporter tout ce qui me manquait jusqu'alors. Soutien, amour, fidélité, complicité. Il est adorable et me donne tout ce qu'il peut à son échelle.

Avez-vous déjà regardé un chien dans les yeux ? Il semble vous parler, à sa manière. Vous n'y verrez que de l'affection. Les animaux ont ce point commun avec les enfants, cette innocence, cette honnêteté qui nous fait défaut dans notre monde d'adultes. Ils ne sont ni cruels ni manipulateurs. Ils vous donnent tout sans contrepartie avec bienveillance, confiance et loyauté. Vous ne pouvez que les protéger et les aimer en retour, car c'est tout ce qu'ils attendent de vous. Et ce lien qui s'est créé avec Jazz en si peu de temps est indescriptible et surtout il tombe à point. Je n'aurais pu espérer meilleur soutien.

Au bout d'une demi-heure, je me rends compte que Jazz n'a pas tenté de s'approcher de l'eau. Et j'ai envie de le voir patauger. Je m'assois dans l'herbe, à quelques pas de l'étendue bleue. Mon compagnon se rapproche à pas de loup, plutôt anxieux. Je glisse alors ma main dans l'eau et décide d'y lancer quelques cailloux afin de le motiver à y plonger une patte. En vain, mes premières tentatives sont un échec. Il n'ose pas se mouiller. Tant pis, j'ai une autre idée. Je retire mes chaussures et mes chaussettes et me mets à gambader dans l'eau, pieds nus, après avoir remonté mon pantalon. Elle est fraîche, mais ça en vaut la peine, car après quelques secondes, Jazz se jette près de moi. Il ne nage pas immédiatement, bien sûr, mais il s'amuse, à la recherche des petites pierres et bouts de bois que je lui lance, tout en tentant de me sauter dessus. J'ai bien failli tomber à l'eau à plusieurs reprises. Lorsque mes orteils se font plus douloureux à cause de la fraîcheur du lac, je me précipite sur la rive pour enfiler à nouveau mes chaussettes et mes chaussures. Cet épisode a eu le mérite d'égayer ma journée plutôt maussade.

Sur le chemin du retour, le trafic est ralenti en raison d'un accident. Deux voitures sont concernées. Je dois prendre mon mal en patience, car je n'aime pas être coincé dans les embouteillages. Qui aime ça ? J'ai l'habitude de circuler à moto depuis des années. Cela me permet aisément d'éviter ce genre de déconvenue. Après quinze minutes à l'arrêt, nous pouvons avancer à nouveau, à peine quelques mètres, juste le temps de passer à côté des véhicules accidentés. J'observe la scène afin de savoir si les victimes ont besoin de mon aide, mais les sapeurs-pompiers et la police sont déjà sur place. La vision d'une femme qui sanglote en tenant une petite fille dans ses bras déclenche un électrochoc en moi. Des flashs se succèdent dans mon esprit embué. Les pleurs, les cris, le sang, Charles, Maelly, tout se présente à nouveau. J'ai pourtant réussi à faire abstraction de ces souvenirs durant quelques heures. Sentant que je ne suis plus en état de maîtriser mon véhicule, je dois emprunter la première sortie et me garer sur le bas-côté. J'ai la tête qui tourne, une sensation d'oppression a gagné ma poitrine, ma respiration est saccadée et haletante. J'ai l'impression d'avoir couru un marathon. Mes yeux me piquent, je dois les fermer pour tenter d'atténuer mon mal-être. Le front posé sur le volant, j'essaye de me calmer, mais mon esprit a décidé de me ramener à la réalité. Les images se font plus vives, plus nettes, elles se rangent dans le bon ordre, comme un signal, comme pour me dire que c'est le moment. J'agrippe le volant avec mes deux mains, prêt à en découdre avec mes émotions si longtemps enfouies.

Au départ, je vois des événements dont je me rappelle déjà, Maelly qui jouait dans l'herbe, Charles et moi sur la terrasse qui discutions tout en buvant un verre. Du soda pour moi, du whisky pour lui. Ma fille courait, cheveux au vent, elle rigolait à gorge déployée, heureuse de profiter du soleil. Elle tenait la peluche dont elle ne se séparait jamais. Elle a sautillé jusqu'à moi pour m'embrasser sur la joue, juste le temps de sentir l'odeur de son shampoing goût fraise, puis elle est repartie à toute allure pour taper dans un ballon qui s'est perdu vers le fond du jardin.

« *Maelly, on y va* » lui ai-je lancé, tandis qu'elle attrapait déjà son ours pour le ramener avec elle.

Charles nous a accompagnés à l'étage et tandis que Maelly rassemblait ses quelques affaires, je lui ai annoncé la bonne nouvelle. Allie et moi allions nous marier et partir voyager à travers le monde.

Mon cœur s'est calmé tout comme ma respiration. Ces souvenirs ne sont pas affolants. Les images sont un peu saccadées, tout n'est pas là, mais l'essentiel se présente à moi, comme des flashs remis dans l'ordre qui dépeignent une histoire oubliée depuis longtemps.

Je me rappelle alors la colère de Charles qui a abandonné toute contenance face à cette nouvelle. Légèrement imbibé par le whisky. Il m'a hurlé dessus, m'accusant de l'éloigner d'Allie et de Maelly. Il était incontrôlable. Il refusait de perdre sa fille, il ne m'a jamais porté dans son cœur et ce jour-là, toute sa rancœur a refait surface. Maelly s'est précipitée vers nous, demandant pourquoi nous étions en train de crier, elle tirait sur la chemise de Charles afin d'attirer son attention. Il l'a repoussée sans lui adresser un mot, trop désireux d'en découdre avec moi. J'étais sur le point d'attraper ma fille pour m'en aller lorsqu'il a fondu sur moi. Il voulait régler ses comptes, une bonne fois pour toutes. Je ne l'avais jamais vu aussi furieux. Il n'était plus maître de lui-même, totalement dépassé par sa rage et par l'alcool. Je l'ai repoussé assez sèchement, sans pour autant me montrer violent. Je refusais d'en arriver là, encore moins devant Maelly. Ma fille est revenue à la charge, tapant sur la cuisse de son grand-père afin de lui demander de me laisser tranquille. Elle a compris que ce qu'il se passait n'était pas normal. Et c'est à cet instant précis que tout a basculé. Il lui a asséné un coup à la tête qui lui a fait perdre l'équilibre et défoncer la rambarde. Je l'ai vue tomber, le visage décousu par la peur, avant d'aller s'écraser dans le hall d'entrée.

J'ai couru vers les escaliers, en hurlant de toutes mes forces. Un cri bestial qui a percé le silence régnant après la chute. Ce bruit d'un corps qui heurte le sol me hantait alors que mes jambes semblaient fonctionner au ralenti. Je n'avançais pas assez vite. Je n'arrivais pas à aller plus vite.

Je ne me vois jamais rejoindre Maelly.

Seules les sirènes des secours me reviennent à l'esprit. Maelly était allongée à quelques mètres de moi, j'ai essayé de tendre le bras pour l'atteindre, usant de mes dernières forces. Je voyais ses petites chaussures rouges et blanches, sa robe bleue, ses cheveux tachés de sang. Une simple larme a glissé sur ma joue, sans que je parvienne à prononcer le moindre mot. J'ai entendu les sapeurs-pompiers, la police, Charles.

Et puis le trou noir.

Lorsque je rouvre les yeux, je suis stupéfait, Jazz me lèche le cou tandis que mon visage est inondé de larmes. Mes mains tremblent. Les jointures sont blanches tellement je serre le volant. Mon cœur s'est emballé, je n'arrive pas à me calmer.

« *Ce n'était pas moi* » marmonné-je.

Je ne suis pas coupable, Charles a menti. Depuis des années, il ment. Il s'est dédouané de sa responsabilité en m'accusant à sa place ! Comment a-t-il pu tout manigancer ? Comment a-t-il pu faire croire que j'ai frappé ma fille ? Il n'a jamais rien dit à la police, prétextant une simple chute malencontreuse. Mais, à sa fille, il a raconté *sa* vérité. Il lui a expliqué que j'avais donné un coup à notre enfant. Que j'étais hors de moi, fou de colère. J'ai perdu Maelly, j'ai perdu Allie, j'ai perdu ma vie, à cause de lui.

La rage s'empare de moi, je crispe tous mes muscles, il est hors de question que je vive avec ce secret, elle doit savoir qui est son père, elle doit connaître la vérité.

Serions-nous toujours ensemble si Charles avait raconté ce qu'il s'est réellement passé ? Serions-nous un couple ? Une famille ? Il m'a privé de la possibilité de vivre la vie qui me revient. Nous aurions pu affronter ce drame, main dans la main, j'aurais peut-être recouvré la mémoire bien plus tôt, mais au lieu de cela, je me suis plongé dans ce néant qu'est devenue mon existence. Ce simulacre de bonheur qui n'est que du vent. Je veux Allie, je veux Maelly. Et même si pour ma fille, il est trop tard, je compte bien tout faire pour reconquérir la femme que j'aime.

Chapitre 28

Allie

J'ai passé mon samedi après-midi à mitrailler tous les recoins du sud de la France. J'ai pris un plaisir fou à redécouvrir ces endroits que l'on côtoie, mais qu'on ne voit plus vraiment. De jolies fontaines, des parcs arborés, des façades colorées, des promeneurs au bord de l'eau. Le temps a été idéal, le soleil au beau fixe et le coucher de soleil m'a offert des couleurs exceptionnelles pour boucler mon projet. Je sais que dans le lot, j'ai de bonnes photos à présenter. Je suis assez fière de moi et de mon travail. La passion qui m'a animée durant cette séance me donne l'envie de poursuivre sur cette voie. J'en suis convaincue, c'est ce que je dois faire, à présent.

En soirée, nous devons dîner chez mes parents, je suis bien décidée à sauter le pas et à annoncer la nouvelle. Je me prépare à essuyer des remarques, des critiques, des cris même, car il est certain que mon père n'approuvera pas. Maxime et ma mère se rangeront à son avis, je vais donc être seule face à l'ennemi. Mais je suis déterminée. J'aurais tout de même souhaité que Betty soit présente, elle aurait été un soutien sans faille. Malheureusement, son retour n'est pas prévu avant quelques jours.

Maxime est dans le bureau avec papa. Ils sirotent ensemble un verre de whisky. Une habitude qu'ils ont depuis quelque temps maintenant. Des copies conformes. Le même costard-cravate, la même posture, les mêmes mimiques, c'est impressionnant à quel point mon mari devient mon père à force de le fréquenter. Adam a toujours été l'opposé de papa. Un électron libre, loin des affaires, des profits. Il était beaucoup plus authentique, proche des autres, de la vie. Son métier y était pour beaucoup, mais je crois qu'au fond c'était sa nature. Mon père et lui n'ont jamais vraiment accroché. Ils se côtoyaient bien sûr, le minimum syndical, les politesses de base, pour moi, pour Maelly. Ils prenaient sur eux et faisaient des efforts, mais le courant ne passait pas tellement.

— À table, crie ma mère.

Les hommes prennent place dans la salle à manger tandis que maman apporte des lasagnes.

— Éléanore, vous avez dû rester des heures en cuisine, constate Maxime.

— Oh, ce n'est rien, j'adore ça.

— Ce doit être délicieux comme toujours ma chérie, complimente mon père.

Je les regarde agir, je les vois parler, mais je me sens étrangère à tout cela. J'ai la sensation de m'être éloignée de cette famille qui m'a pourtant soutenue après le drame. Je culpabilise de leur tourner le dos ainsi, de les décevoir à nouveau. J'ai l'impression de les trahir, de trahir leur confiance alors qu'ils ont été là, présents, forts. Ils m'ont aidée à remonter la pente et aujourd'hui, je m'apprête à bouleverser leur monde.

— Trinquons, dit alors ma mère en levant son verre. À notre famille, ajoute-t-elle.

Tandis que chacun boit une petite gorgée avant d'entamer la première bouchée, je me surprends à vider mon verre d'une traite pour me donner du courage. Après l'avoir reposé, je prends une grande inspiration.

— Il faut que je vous parle de quelque chose, commencé-je.

Ils lèvent tous la tête, surpris. À croire qu'ils ont oublié ma présence.

— On t'écoute, ma chérie, tout va bien ? demande ma mère.

— Oui... enfin non... m'embrouillé-je.

— Tu n'es pas malade au moins ? s'enquiert-elle.

— Non, maman, je...

— Non parce que tu sais, mon amie Séverine, sa fille était en pleine forme et du jour au lendemain, elle...

— Maman !

— Oh pardon, vas-y, nous t'écoutons.

Maxime et mon père sont restés muets. Je vois dans les yeux de mon mari qu'il a compris. Son visage s'est figé, il me fusille du regard pour me supplier de ne rien dire, mais je ne peux plus faire marche arrière.

— J'ai décidé de reprendre la photo.

— Nous le savions déjà, lance alors mon père, soulagé.

Il se remet à manger sans m'accorder plus de temps de parole.

— Professionnellement, ajouté-je.

— Pardon ? s'exclame ma mère. Que veux-tu dire ?

— Je veux vivre à nouveau de la photo. J'adore ça, ça me manque.

— Allie, tu as tout abandonné pour faire du droit avec papa. Tous les trois vous êtes doués dans votre domaine et le cabinet marche bien.

— Je sais tout cela, je ne crache pas dans la soupe, maman. Mais ce n'est plus la vie que je souhaite.

Mon père a cessé de manger, il me fixe, je vois qu'il contient sa réaction, pesant ses mots pour ne pas me prendre de front.

— Tu veux quitter le cabinet ? demande-t-il, simplement.

— Oui papa, j'aimerais relancer mon affaire, refaire de la photo comme avant. Et pourquoi pas voyager.

— Tu n'aimes pas ton travail d'avocate ?

— Je n'ai pas ta passion, je commence à m'ennuyer, à tourner en rond, je n'ai plus la motivation.

— Qui ne nous dit pas que dans six mois ou un an, tu vas à nouveau changer d'avis, tu ne cesses de jouer les girouettes.

— C'est faux ! La photo était ma passion, cette activité a toujours été ce que je voulais faire. La vie a juste décidé de m'imposer une épreuve qui ne m'a pas laissé assez de force pour continuer à me battre.

— Ton père s'est donné un mal de chien pour que tu puisses intégrer le cabinet, fulmine ma mère.

— Je sais et je lui en suis reconnaissante. Je sais que vous avez été là quand j'en ai eu besoin, mais aujourd'hui, je dois avancer, il me manque ce petit truc en plus, cette flamme.

— As-tu pensé à ton mari ?! poursuit ma mère.

Papa est resté étonnamment calme, ce qui ne présage rien de bon. Quant à Maxime, il continue de manger en évitant de lever les yeux de son assiette.

— Il est déjà au courant, confirmé-je.

— Et tu es d'accord avec ça ? lui demande alors papa.

— Pas vraiment, répond Maxime. Je pense que c'est un caprice et qu'elle changera à nouveau d'avis bientôt. Je crois aussi que tu t'es donné beaucoup de mal pour qu'elle intègre le cabinet et je trouve ça gonflé.

Merci chéri...

— Je suis toujours là ! grondé-je, vous pourriez éviter de parler de moi comme si j'étais absente. Je ne vous demande pas votre accord, juste votre soutien.

— Tu l'as déjà eu notre soutien, on s'est pliés en quatre pour toi et tu oses nous tourner le dos ? lance mon père, d'un ton un peu moins calme.

Il commence à comprendre que je ne plaisante pas.

— Je ferai la transition, j'expliquerai mes dossiers à qui vous voulez et je me trouverai même un remplaçant, si vous le souhaitez.

— Tu es égoïste, tu ne penses qu'à toi ! réplique ma mère, les larmes aux yeux.

Il me semble que j'ai annoncé une terrible nouvelle, pourtant il ne s'agit que d'un travail. Ils ne savent pas voir l'essentiel et prendre du recul sur les événements. Je me sens comme la pire fille au monde.

— Je ne te retiendrai pas, dit mon père. Mais, je ne suis pas près de te pardonner, ajoute-t-il en jetant sa serviette sur la table avant d'aller s'enfermer dans son bureau.

— Après ce qui est arrivé à Maelly, nous sommes devenus une famille soudée et tu es en train de tout briser. Comment oses-tu ? crie ma mère en quittant la pièce à son tour.

— Contente de toi ? lance alors mon mari.

— Je me passerai de tes commentaires, Maxime.

— Je t'avais prévenue !

— Et alors ? Je vais m'empêcher de vivre pour satisfaire tout le monde ? J'ai envie d'autre chose, j'ai quand même le droit de faire ce que je veux, non ?

— Nous sommes mariés, je te rappelle. Tout ce que tu fais influence notre couple, notre famille, notre avenir et même notre travail pour le coup.

— Dis plutôt que tu as peur que papa ne te prenne pas comme associé.

— Oui, évidemment, ça fait des années que je travaille dur pour ça.

— Je sais va, j'ai remarqué.

— Qu'est-ce que ça signifie ?

— Que tu ne penses qu'au travail et que tu en as oublié ta vie de couple.

— Tu étais comme moi, je te rappelle. Tu as toujours été comme moi. C'est pour ça qu'on s'accordait bien.

— Je n'ai jamais été comme ça, j'étais juste anéantie par la mort de ma fille.

— Ne te sers pas de Maelly comme d'une excuse.

— Pardon ? m'étranglé-je.

— Tu aimais travailler au cabinet, tu aimais être avec nous, les dossiers, la complicité avec ton père. Ta famille. Ça vous a rapprochés.

— C'est vrai, mais c'est parce que j'étais au plus bas. J'étais anéantie et je me suis laissé porter le mouvement, ils ont pris toutes les décisions pour moi.

— Tu en rajoutes un peu là, Allie, ce ne sont pas des monstres manipulateurs.

— Ce n'est pas ce que j'ai dit, c'est simplement que je n'étais pas apte à décider par moi-même, à ce moment-là.

Maxime rigole. Il voit mes parents comme des êtres adorables et bienveillants. Il ne se doute pas de la souffrance que j'ai endurée au décès de Maelly et ne comprend pas cette incapacité à avancer après cela.

— Tu ne peux pas comprendre, tu n'as pas d'enfant, expliqué-je.

— Toi non plus ! rétorque-t-il violemment.

Mon cœur se brise instantanément. Ses mots n'auraient pas pu être plus durs. J'aurais préféré qu'il me gifle, la douleur aurait été moins vive.

Mes yeux s'embuent et les larmes dévalent mes joues comme un wagon sur un grand huit.

— Pardon Allie, dit-il tandis que je prends la direction de la porte.

Il saisit ma main avant que je ne sorte de la maison.

— Excuse-moi, je ne voulais pas dire ça.

Je le fixe sans un mot. Je pense que mes yeux auraient pu le mitrailler sur place. Il relâche ma main et je quitte les lieux, anéantie, vidée, mais soulagée.

***

— Mais pourquoi tu pleures ? Explique-moi !

— Ce n'est rien.

— Allie, ce n'est pas rien, tu viens d'inonder mon tapis.

— Désolée.

— Mais arrête, ce n'est pas le problème.

Lisa s'approche et pose sa main sur mon avant-bras.

— J'ai tout dit.

— Comment ça ?

— Tout déballé, mon envie de faire de la photo, de quitter le cabinet, tout.

— Oh merde ! Et ?

— Un raz de marée.

— J'imagine oui.

Elle me tend un mouchoir.

— Merci, dis-je en reniflant. Papa a quitté la pièce en me disant qu'il ne me pardonnerait pas, maman a pété un plomb en me traitant d'égoïste et en disant que je brisais notre famille. Et Maxime, oh si tu savais...

— Qu'a-t-il dit ?

— Il m'a dit des choses horribles, il n'est pas vraiment ravi que je plaque tout, il pense que papa ne va pas le faire passer associé à cause de ça.

— Tu t'en fiches, ce n'est pas ton problème !

— C'est mon mari.

— Allie, tu sais ce que j'en pense. Je suis tellement fière de toi !

— C'est vrai ? demandé-je en relevant ma tête.

Elle porte un regard bienveillant sur moi. Son sourire et ses yeux pleins de tendresse me font un bien fou.

— Je ne croyais pas que tu en serais capable.

— Merci... marmonné-je.

— Mais non, attends, ce que je veux dire c'est que j'étais persuadée que tu te dégonflerais parce que je connais ta famille et je me doutais que tu n'avais pas envie de t'attirer les foudres de tout le monde.

— Ben tu vois, je l'ai fait. Et voilà le résultat !

— Je sais que tu aurais préféré du soutien, des sourires et des encouragements. Mais c'était prévisible, ils n'étaient pas d'accord la première fois, ils ne risquaient pas de l'être cette fois-ci.

— Au moins, la première fois, j'avais Adam.

— Je sais...

— Je n'arrête pas de penser à lui en ce moment.

— Je comprends.

— C'est horrible, tu crois ?

— Absolument pas ! Tu l'aimais et vous avez eu une magnifique petite fille et même si le destin vous a joué un tour cruel, je crois qu'au fond, tu es toujours attachée à lui, mais tu refuses de te l'avouer.

— S'il avait été là, il aurait mouché mon père sans se démonter.

— J'en suis certaine ! Et Maxime ? Il a suivi Charles ?

— Pire, il m'est tombé dessus lorsque nous étions seuls.

— Courageux...

— Maintenant, il faut que j'aille au bout, j'ai tellement peur de me planter.

— Tu ne te planteras pas. Tu vas faire ce que tu aimes et crois-moi, tu étais, non, tu es sacrément douée. Tu as toujours rêvé d'ouvrir ta galerie, c'est le moment de foncer.

— Une chose à la fois, je dois d'abord décrocher de plus gros contrats.

— Tu y arriveras ! Tu veux dormir ici ?

— Ça ne t'ennuie pas ?

— Jamais, répond-elle en me serrant dans ses bras.

Je n'ai qu'une envie, appeler Betty pour lui raconter ma soirée. Mais j'attendrai demain, je dois absolument me reposer. Mon sang tape dans mes tempes, ma température corporelle a augmenté et je me sens vaciller à chaque pas. Mes yeux bouffis et mon nez rouge m'achèvent définitivement. Je me plonge dans le lit confortable de la chambre d'amis, prête à en découdre avec Morphée, si tant est qu'il n'ait pas dans l'idée de m'abandonner alors que j'ai besoin de sa poudre magique pour tomber dans ses bras.

Chapitre 29

Adam

J'ai passé quatre jours à ruminer à la maison, me contentant de sortir de ma tanière pour promener Jazz. J'avais besoin de réfléchir, de faire le vide. Les derniers mois ont été éprouvants et je ne dois pas me brûler les ailes en allant trop vite. Allie va être anéantie. J'hésite, je ne veux pas briser sa vie, son cocon, tout ce qu'elle a créé. Elle a remonté la pente, elle est heureuse. Je me demande si j'ai vraiment le droit de faire voler en éclats tout ce qu'elle a construit. Elle a suffisamment souffert. D'un autre côté, puis-je laisser son père s'en sortir comme ça ? Sûrement pas ! Il m'a fait accuser à sa place, Allie m'en a voulu, j'ai cru pendant des années que j'étais responsable de la mort de ma fille, j'ai tout perdu. Il doit payer. Allie doit savoir que je suis innocent.

Je décide d'aller affronter le monstre en direct, sans détour. Je me rends à son domicile, prêt à en découdre et à lui faire avouer la vérité.

Le trajet en moto me paraît étonnamment long, pourtant Menton n'est pas si loin de Coaraze. Les images se bousculent dans ma tête. Avec le temps, tout devient beaucoup plus clair. Des éléments plus distincts me reviennent. Des sons, des odeurs, des sensations que j'ai mis de côté. Le corps sans vie de Maelly me hante, je me rappelle mon cri de désespoir en comprenant qu'il était trop tard. Cette vision de son petit corps inerte me soulève l'estomac. J'aimerais tellement revenir en arrière. Un enfant ne mérite pas de perdre la vie, je donnerais tout pour être à sa place. J'aurais dû l'éloigner de la dispute, agir avant, ne pas attendre. Je n'avais pas imaginé qu'une telle chose puisse se produire. Si j'avais su... Si seulement... Tout aurait été différent.

Charles a dû être particulièrement convaincant pour que tout le monde croie sa version. Je n'ai jamais été violent, sauf en cas de légitime défense ou pour aider quelqu'un. Pas difficile avec un coupable amnésique... Et puis, il est avocat, il sait manier les plaidoiries, les témoignages, les dépositions. Il est rôdé.

Devant le portail, je prends le temps d'étudier les lieux. Grâce à mes relations, j'ai pu trouver la nouvelle maison de Charles, elle n'est pas très différente de l'ancienne, peut-être un peu plus grande. Deux voitures sont garées dans l'allée, l'endroit est paisible. Le portail blanc métallique est ouvert. Je laisse la moto à l'extérieur et remonte l'allée à pas lents. M'ont-ils entendu arriver ? Comment vont-ils réagir ? Charles sera-t-il là ?

Mes mains sont moites. Je suis étonnamment calme pour le moment, mais je ne sais pas comment je vais supporter l'affrontement. Au fond, je suis en colère, extrêmement en colère. J'ai perdu plusieurs années de ma vie. Si les circonstances avaient été différentes, j'aurais peut-être pu tout reconstruire avec Allie, avancer avec elle, la réconforter. J'ai manqué à tous mes devoirs, je n'ai pas tenu mon rôle, à cause de lui. Charles m'a éloigné de ma famille, d'une certaine manière, mais surtout, il a menti sur le décès de Maelly et c'est impardonnable.

Betty apparaît sur le perron. Elle est surprise et referme rapidement la porte derrière elle en tentant de faire le moins de bruit possible. Elle descend les marches et me serre dans ses bras.

Je suis ravi de cet accueil, mais je n'en doutais pas venant d'elle. Elle a toujours été exceptionnellement gentille avec moi, même après le drame, même si je ne me rappelle d'elle que depuis quelques semaines.

— Que fais-tu ici mon garçon ? me demande-t-elle.

— Je me souviens de tout, soufflé-je, les larmes aux yeux.

L'émotion me gagne, j'ai du mal à la contenir. Je ne m'attendais pas à cela.

— Oh mon dieu ! J'espérais tellement que ce jour arriverait. Et comment te sens-tu ?

— Anéanti, j'ai tout perdu.

— Je sais... dit-elle en posant sa main sur ma joue.

— Je me rappelle ma merveilleuse petite-fille... Allie.

— Ce doit être si difficile pour toi, après tout ce temps.

— C'est déroutant. Des sentiments, des sensations, des souvenirs me sont revenus, des choses qui ne faisaient plus partie de moi.

— Tout cela faisait partie de toi, dit-elle en prenant mes mains, simplement c'était enfoui, très enfoui.

— Oui et cela fait des mois que je travaille à recouvrer la mémoire avec un psychologue.

— Et tu te sens mieux ?

— Pas vraiment, j'ai besoin de voir Allie. Je l'aime, Betty.

— Oh ça je n'en doute pas, si tu savais.

— Pourquoi ?

— Parce que je suis certaine qu'elle t'aime toujours.

— Mais elle est mariée.

Betty ne paraît pas surprise que je sois au courant.

— Elle n'aime pas Maxime, elle s'est juste protégée en se lançant dans une relation sans avenir, surtout pour faire plaisir à son père, à mon avis. Max est gentil, mais il n'est pas pour elle.

Mon corps se crispe, Betty le sent.

— Qu'y a-t-il ?

— J'ai des choses à dire à Allie, des choses importantes. Je dois la voir.

— Elle n'est pas en France pour le moment, elle est partie quelques jours à l'étranger, elle a repris la photo.

Mon visage s'illumine à cette idée. Betty paraît ravie de ma réaction.

— Elle a tout envoyé valser, enfin. Ils ont tous très mal réagi, du coup elle est partie faire des photos pour un magazine, histoire de prendre du recul.

— Quand revient-elle ?

— Dans cinq jours.

Nous n'avons pas le temps de terminer notre conversation, Charles et Éléanore se présentent en haut des marches.

— Que fais-tu ici ? demande-t-il sèchement.

— Je suis venu vous voir, expliqué-je en reprenant un visage de circonstance.

Voir Charles me rappelle le drame, ce que j'ai perdu par sa faute, ma vie brisée. Pour la première fois, je dois me contenir pour ne pas lui sauter dessus et déverser toute ma rage sur lui. Les larmes ont séché au profit de la colère.

— Tu te souviens de nous ? demande Éléanore, surprise.

— Oui, j'y travaille depuis quelque temps.

Je fixe Charles pour guetter sa réaction. Son visage se fige en entendant la nouvelle. J'ai retrouvé la mémoire et son secret est en péril.

— Nous ne voulons plus te voir, dit-il. Allie a refait sa vie, il y a longtemps, tu ne fais plus partie de cette famille.

— Charles voyons, gronde Betty. Ne sois pas odieux. Ce petit a assez souffert.

— La faute à qui ? continue-t-il. Tu as brisé ta famille. Allie s'est reconstruite. Laisse-la tranquille et ne viens plus chez nous.

Il est sur le point de tourner les talons, suivi par Éléanore qui n'ose intervenir.

— Comme je l'ai dit, je me souviens de beaucoup de choses. De ma famille, de ma vie avec Allie et surtout du jour de l'accident, dis-je un peu plus fort tandis qu'ils s'éloignent vers la porte.

Je me suis approché. Betty et Éléanore me regardent, sans comprendre. Charles se tourne vers moi. Il a pâli.

— Je me rappelle être venu chercher ma fille. Nous avons discuté sur la terrasse tandis que Maelly jouait dans le jardin avec son ours en peluche.

— Tais-toi, ordonne-t-il.

— Je me souviens que nous sommes montés à l'étage pour récupérer ses affaires, continué-je en l'ignorant.

— Arrête ! hurle-t-il en fondant sur moi comme un lion enragé.

— Charles ! crie Éléanore, surprise par la réaction de son mari.

Il m'attrape par le col, mais je demeure étonnamment calme. Je

231

veux voir le visage de Charles se décomposer, je veux qu'il souffre pour tout le mal qu'il a fait.

Betty s'est approchée. Elle tire le bras de son frère pour qu'il me lâche.

— Tu es fou, laisse-le !

— Pourquoi nous rappeler ce jour dramatique ? demande alors mon ex-belle-mère, après s'être avancée à pas hésitants.

— Ce n'est pas pour vous faire souffrir, croyez-moi, nous avons déjà tous souffert. J'ai simplement des informations qui ont échappé à tout le monde, sauf à votre mari, Éléanore.

— Va-t'en ! ordonne-t-il, toujours agrippé à ma veste.

— Je me souviens donc que nous nous sommes disputés lorsque je vous ai annoncé notre mariage et notre envie de partir voyager. Je me rappelle que vous avez perdu votre calme, que vous m'avez hurlé dessus, vous êtes devenu violent, un peu comme aujourd'hui, dis-je en regardant ses mains.

Il me lâche.

— Maelly était inquiète à l'idée de vous voir vous en prendre à moi, elle s'est approchée et...

Je marque une pause, je veux que chaque parole compte, chaque mot prononcé.

— ... vous l'avez frappée, si fort... qu'elle a basculé dans le vide, craché-je.

Je dois faire un effort surhumain pour lutter contre l'image de ma petite fille tombant sur le carrelage, je veux oublier cet instant. Je veux simplement me rappeler son sourire, ses beaux yeux bleus, sa joie de vivre.

Malgré mes efforts pour rester digne, ma voix tremble, je suis submergé par la douleur.

Un silence de plusieurs secondes s'abat sur le jardin, comme une averse qui éclate sans crier gare. Nous n'entendons plus que le chant des oiseaux.

— Tu dis n'importe quoi. Tes souvenirs sont erronés.

— Je suis sûr de moi. Je n'ai jamais levé la main sur ma fille. Je ne lui aurais jamais fait de mal. Je me souviens de tout. Et je me rappelle avoir hurlé de douleur en tentant de la rejoindre pour lui porter secours.

— Arrête ! crie-t-il. Arrête ! Tu mens. Ne nous rappelle pas ce moment horrible, dit-il en reculant.

— Charles ? s'étonne Betty. C'est vrai ?

Elle lance des regards dans ma direction, puis dans celle de son frère, essayant de comprendre ce qu'il se passe. Éléanore est muette, la main sur sa bouche. Elle semble bouleversée. Je ne sais pas si c'est à cause de l'information, ou juste à cause du souvenir de ma fille.

— Il raconte n'importe quoi, je vous assure. Tu as peut-être recouvré une partie de ta mémoire, dit-il, mais tout n'est pas forcément correct. Ton esprit a dû fabriquer des souvenirs.

— Tu devrais partir, me chuchote tendrement Betty.

Je suis campé sur mes deux pieds, les poings serrés. Je n'ai qu'une envie le secouer jusqu'à ce qu'il avoue.

— Pour Allie, s'il te plaît, me dit Betty en touchant mon avant-bras.

Je tourne la tête vers elle. Son visage bienveillant et sa chaleur finissent de me convaincre.

— Je n'en resterai pas là ! lancé-je à Charles.

Tandis que je me dirige vers ma moto, accompagné de Betty, mon calme revient. Je me sens soulagé, même si rien n'est terminé et que le chemin est encore long avant que la vérité éclate.

— Betty, dis-je, avant de mettre mon casque. Je sais que ça peut paraître fou. Mais je dis vrai, je te le jure. Il ment, il ment depuis des années. Il a brisé ma vie.

— J'aimerais te croire, mon garçon, mais c'est si terrible ce que tu racontes.

— Je comprends, et crois-moi, je n'en revenais pas non plus. Mais, je ne me serais jamais présenté ici si j'avais inventé tout ça, je n'aurais pas fait ça à Allie. Je veux qu'elle sache, je veux la retrouver.

— Je verrai ce que je peux faire, mais tu dois être patient, tu as tapé dans la fourmilière, il va falloir t'armer de courage pour réussir à faire entendre ta voix.

— Je sais, mais je refuse de la perdre à nouveau. Est-ce que tu crois que j'ai une chance ?

— J'en suis certaine, elle est toujours amoureuse de toi.

Sur ces mots, elle m'embrasse sur la joue, m'enveloppe d'un regard amical et rejoint la villa. Charles a quitté le jardin. Quant à Éléanore, elle est assise sous le perron, tentant probablement de dénouer les informations que je viens de dévoiler. Les gens vont-ils me croire ? Je ne le sais pas. Mais je n'ai que ça : la vérité. C'est ma force. Je n'ai aucune raison de mentir après toutes ces années. Aucune raison de raviver ce souvenir douloureux, aucune raison de faire du mal à ceux qui ont déjà souffert. Je ne veux qu'une chose, que le vrai coupable soit connu.

Chapitre 30

Maxime

Parfois, je me déteste. Je n'ai pas vu Allie depuis plusieurs jours, elle est partie en voyage pour prendre des photos. Elle paraît vouloir vraiment aller au bout de son nouveau projet.

Je ne sais plus quoi faire, j'ai été odieux avec elle. Mes mots ont dépassé ma pensée. Je ne souhaitais pas la blesser, loin de là. J'ai à peine osé l'appeler pendant son absence. Pour lui dire quoi ? Comment trouver les mots ? Je n'arrive plus à communiquer avec elle, j'ai toujours peur de ne pas savoir formuler mes pensées... un comble pour un avocat.

Je suis tiraillé, j'ai tellement envie de réaliser mon rêve de devenir associé, je nous voyais ensemble, je nous voyais reprendre le cabinet et voilà qu'elle décide de tout plaquer, de tout envoyer valser du jour au lendemain. Tout notre avenir est remis en question. Nous ne sommes plus sur la même longueur d'onde et je ne sais pas comment faire pour la retenir, pour ne pas perdre ma femme. Je l'aime, je l'ai toujours aimée. Elle est merveilleuse et forte. Je ne lui dis jamais. J'aurais probablement dû le faire. Parfois, on pense que les choses sont acquises et pourtant...

Lorsque je l'ai rencontrée, elle commençait à peine à se remettre de ce drame qui avait bouleversé son existence, je l'ai aidée comme j'ai pu, à mon échelle. Et elle a retrouvé le sourire, elle a validé son diplôme, elle a intégré le cabinet. Quelle force, quelle détermination. Elle avait toute mon admiration. Allie ne le voyait pas, mais elle était en train de faire un doigt d'honneur à la vie, aux épreuves passées. Pourtant, depuis quelques mois, la mélancolie a refait son apparition. Elle semble à nouveau malheureuse, comme noyée dans ce quotidien. Je pensais que ça se dissiperait, que c'était un petit coup de blues, mais aujourd'hui, je me rends compte que c'est plus que ça, elle change de cap, en me laissant sur le bord de la route, anéanti, incapable de lui dire que je l'aime.

Je ne sais pas comment faire pour ne pas perdre ma femme.

Chapitre 31

Allie

Mon avion vient d'atterrir, mais mon esprit est encore ailleurs. Toujours en Italie. J'ai eu la possibilité de partir quelques jours pour le compte d'un magazine de voyages qui veut rafraîchir les photos présentes sur son site internet. Une opportunité que j'ai saisie. Après la discussion houleuse qui a suivi mon souhait de changer de carrière, j'ai besoin de prendre le large, de me plonger dans quelque chose que j'aime. J'ai eu Maxime au téléphone, à deux reprises, pas plus. Le petit couple n'est plus qu'un vaste mensonge. C'est probablement de ma faute, mais je n'y peux rien. Nous ne sommes plus sur la même longueur d'onde, nous ne voulons plus les mêmes choses et notre histoire ne va pas y survivre, c'est certain. Il n'est pas fâché, simplement froid et distant. Il a choisi son camp et ce n'est pas le mien. Dommage...

La journée est belle, le soleil a réchauffé l'atmosphère. Les amoureux se baladent main dans la main, savourant le printemps. Je suis ravie de savoir que Betty est ici. Elle m'a contactée juste avant que je ne parte pour l'Italie. Heureusement, elle compte rester quelque temps, ce qui nous laisse l'occasion de discuter. J'en ai bien besoin. Lisa et ma tante sont mes seuls soutiens, et dans l'état actuel des choses, il me faut du courage pour aller au bout de mes projets.

De retour chez moi, la maison est silencieuse, elle me paraît même froide. Je ne m'y sens plus à l'aise. Je n'avais jamais remarqué à quel point les pièces sont dénuées de chaleur, de décoration et d'humanité. Au final, nous y dormons et c'est à peu près tout. Elle manque de vie, c'est exactement ça. Il n'y a aucune vie, aucune vibration, c'est vide et sans âme.

Betty arrive peu de temps après, quelques brownies en main.

— Tu as du café, ma chérie ?

— Oui, je te le fais, installe-toi.

Elle met les pâtisseries sur la table et prend place sur une chaise. Elle semble pressée de me dire quelque chose. Je la vois remuer sur son siège et tapoter ses doigts sur la table. Je m'approche pour déposer les cafés et attrape un bout de brownie.

— Alors ton voyage ? me demande-t-elle.

— Génial ! J'ai adoré.

— C'est une bonne nouvelle, s'exclame-t-elle, le sourire aux lèvres.

— Oui, je me suis immergée dans la culture, j'ai pris de superbes photos.

— Je suis ravie. Tu ne regrettes pas ton choix, alors ?

— Pour l'instant, non. Mais c'est peut-être un peu tôt.

— Je crois que tu as fait ce qu'il fallait ! Tu appréciais ça, tu réussissais très bien. Il était temps que tu renoues avec ce que tu aimes faire.

— Tu as raison, je me sens revivre.

— J'aurais adoré voir ça, le moment où tu as tout déballé.

— Un tsunami, tatie, c'était pas beau à voir. Et mes parents ?

— Oh, ça n'a pas changé, ils sont assez en colère.

— Je me doute.

— Mais on s'en fiche ! dit-elle en mordant dans un morceau de brownie. Tu as le droit de faire ce que tu veux à ton âge ! Vis ta vie, ne te soucie pas d'eux.

Au fond, elle a raison, mais me fâcher avec mes parents, après tout ce que nous avons enduré ensemble, me contrarie.

— J'espère qu'ils parviendront à l'accepter, comme ils l'ont déjà fait. Après le décès de Maelly, ils ont toujours été présents.

Je vois le visage de Betty se figer. Une lueur sombre semble traverser ses yeux.

— Qu'y a-t-il ? J'ai dit une bêtise ?

— Non, c'est juste qu'il s'est produit quelque chose d'étonnant pendant ton absence.

— Ah bon, raconte-moi !

— Heureusement que tu es assise...

— Betty ! Tu me fais peur, explique-moi.

— Eh bien, il y a quelques jours, Adam est venu chez tes parents.

— Adam ? Adam... mon Adam ?

— Oui. Il m'a demandé si je savais où tu étais.

— Il me cherchait ?

Elle prend ma main.

— Il a recouvré la mémoire, Allie. Il se souvient de toi, de Maelly, de vous, de votre vie. Oh pas dans les moindres détails, mais apparemment, depuis des mois, il travaille avec un psychologue.

— Je n'en reviens pas, dis-je en fixant mon café. Comment était-il ? Il a changé ?

— Il est toujours aussi beau. Il avait l'air sincère et ému. Lorsqu'il m'a annoncé qu'il se souvenait de vous, il avait les larmes aux yeux.

— Je comprends, ce doit être étrange.

Mon cœur s'est mis à battre plus vite. Un frisson m'a envahi. Adam, celui que j'ai aimé, est de nouveau lui-même.

— Il veut te voir et tu devrais accepter.

— Pardon ?

— Vous avez besoin de parler, d'évacuer cet événement dramatique. Vous avez le droit de vous pardonner mutuellement.

— Je ne pourrai jamais lui pardonner, Betty...

— Je crois que tu devrais vraiment écouter ce qu'il a à te dire. Peut-être que vous pourrez avancer ensemble.

— Ensemble ? Betty, je suis mariée, il n'y a plus rien de possible.

— Il ne faut jamais dire jamais ! Tu es mariée, mais es-tu heureuse ?

Je ne veux pas admettre l'inévitable.

— On ne peut pas dire que je sois malheureuse.

— Ce n'est pas suffisant, Allie. La vie ce n'est pas ça, ce n'est pas attendre que le temps passe, ce n'est pas se contenter du minimum. Tu mérites de ressentir de l'amour, de la joie, toutes ces émotions que tu t'interdis depuis trop longtemps.

— Je sais. Mais je ne me sens pas capable de tout plaquer. Changer de métier est une chose, mais briser mon couple, mon quotidien, tout ce qui m'aide à tenir debout depuis des années, ce serait suicidaire.

— Je crois plutôt que ce serait salutaire.

— Je n'ai pas ta force, Betty.

— Tu te trompes ! Tu es bien plus forte que tu ne le penses. Tu as survécu à quelque chose de bien plus dramatique que tout ce que j'ai connu dans mon existence. Mais je crois que parfois la vie offre une seconde chance. Il faut savoir la saisir.

— Peut-être...

— J'ai raison, rétorque Betty en souriant. Tu réfléchis trop !

— Tu penses que je dois le voir ?

— Oui.

— Je ne me sens pas encore prête. Il se souvient de nous, j'ai besoin de me faire à cette idée.

— Très bien, alors prends quelques jours pour te préparer à tout cela, mais crois-moi, il est déterminé.

Lorsque Betty quitte la maison, je m'installe sur le canapé. Pensive. Je ne m'attendais pas du tout à ce qu'Adam recouvre la mémoire. Pendant un temps, je l'ai espéré, pour avoir des réponses, des explications, pour pouvoir faire mon deuil. Mais j'ai dû me faire à l'idée que la mémoire ne lui reviendrait pas. J'ai alors reconstruit ma vie, sans lui, en ignorant ce qu'il était devenu. Et aujourd'hui, voilà qu'il refait surface, prêt à parler, prêt à expliquer et surtout se souvenant de nous, de notre amour, de notre fille. C'est déroutant. Je n'ose imaginer ce qu'il doit ressentir.

Je ne me suis jamais mise à sa place, je ne me suis jamais demandé comment on pouvait vivre une perte de mémoire si importante, comment on pouvait continuer à avancer, apprécier son présent, construire son avenir sans se rappeler son passé. J'étais trop noyée dans ma colère.

Maintenant, je comprends qu'il a dû traverser des épreuves de son côté. Des épreuves différentes, bien sûr, mais quelque part, je lui ai tourné le dos.

Et s'il subissait son deuil à présent ? Comment a-t-il supporté le souvenir du décès de notre fille ? Pour moi, c'était il y a plusieurs années et pourtant la douleur est toujours vive, même si j'ai appris à vivre avec. Il le faut bien. Mais de son côté, comment vit-il ce sentiment récent ? Est-il malheureux ? Se sent-il coupable ? Veut-il s'excuser ?

Je suis effondrée. Ces derniers mois, je me suis rendu compte de ce que je lui ai fait endurer en m'éloignant de lui alors qu'il avait besoin de moi. Il a aussi perdu sa fille, il a perdu la mémoire et dans la foulée : moi. Notre vie, notre quotidien auraient pu être des ancrages nécessaires à sa guérison. Je l'ai toujours accablé, il est coupable dans mon esprit, puisqu'il a eu ce geste, ce simple geste qui a tué notre enfant. Et même s'il n'était pas volontaire, je n'ai jamais pu lui pardonner. Je l'ai longtemps accusé de tous mes maux, mais c'était une façon de détourner ma douleur. J'avais moins mal, car j'étais en colère. Finalement, petit à petit, j'ai fini par faire mon deuil et comprendre qu'Adam n'a rien de méchant ou de cruel en lui. Il a perdu son enfant, tout comme moi, et aujourd'hui, il s'en souvient. Ça change tout.

Je suis terrifiée. Terrifiée à l'idée de le revoir. Terrifiée à l'idée de ne pas maîtriser mes émotions. Terrifiée à l'idée de le détester ou même pire, de l'aimer. Mes sentiments sont enfouis tout comme ses souvenirs. Ils ne demandent qu'à resurgir.

Les questions se bousculent dans mon esprit. Et les réponses ne tarderont pas à venir, y compris celles que je n'attends pas.

Chapitre 32

Adam

Il me faut plusieurs jours pour me remettre de l'altercation, notamment parce que je ne sais plus comment m'y prendre. Je ne peux pas aller attaquer Charles et espérer qu'il avoue, c'est peine perdue. Mon seul espoir est de parler à Allie. J'ai besoin de lui expliquer, besoin d'elle, tout simplement. Je l'ai perdue depuis tant d'années, il me tarde de la voir. Encore faut-il qu'elle accepte, qu'elle ne me rejette pas immédiatement, qu'elle m'écoute. La tâche ne sera pas aisée, mais je compte sur Betty pour me soutenir. Elle a toujours été notre alliée, je sens au fond de moi qu'elle l'est encore aujourd'hui.

Les gardes se sont succédé et c'est plutôt une bonne chose. J'ai demandé des jours de repos à Yann lorsque j'étais en train de tenter de raviver ma mémoire, mais maintenant j'ai besoin de bouger, d'être dans l'action, de retrouver mes habitudes et mes collègues. Je dois cesser de penser en attendant des nouvelles de Betty, en attendant de pouvoir revoir Allie. Et pour cela je n'ai que deux solutions, le sport et le travail.

— Alors ? Tu es ailleurs depuis deux trois jours, qu'est-ce qu'il t'arrive ? me lance Éric tandis que nous astiquons le camion de la caserne.

— Il s'est passé pas mal de choses.

— Et ? D'habitude tu me racontes tout, qu'est-ce qu'il y a ?

— Rien, j'essaie juste de comprendre tout ça.

— Un avis extérieur, c'est toujours un plus.

— En fait, dis-je en arrêtant de nettoyer le véhicule. Je me souviens de tout, ou presque.

— Tout ? s'enquiert-il en me rejoignant.

— Oh pas tout en détail, bien sûr.

— Mais, ça veut dire que tu te rappelles, enfin...

— Oui, je me rappelle ce jour-là. Grâce au docteur Hugo et à tout ce que j'ai conservé dans mes vieux cartons, beaucoup de souvenirs ont refait surface.

— Oh ben merde !

— Comme tu dis !

— Et ? Comment tu te sens ?

— Perdu. J'ai découvert un truc énorme.

— Qu'est-ce que c'est ?

Je m'installe sur le marchepied, tandis qu'Éric s'est appuyé contre la carrosserie. Il guette ma réponse tout en tortillant le chiffon jaune entre ses mains.

— Ben alors les gars, c'est comme ça qu'on bichonne mon camion.

Yann vient d'entrer dans le garage.

— Désolé Yann, c'est de ma faute, j'avais besoin de parler.

— Ah ? Du nouveau ?

Il se poste devant moi.

— Je disais à Éric que je me souvenais du jour de l'accident.

— Ah...

Yann est anxieux, je le vois sur son visage. Il est d'un naturel protecteur. Il semble avoir peur que je ne supporte pas mes souvenirs, que je m'écroule. C'est d'ailleurs la raison pour laquelle il m'a conseillé de me faire épauler par le docteur Hugo.

— Au-delà du fait que je me souvienne de ma journée, j'ai surtout découvert quelque chose que personne ne sait.

— Qu'est-ce que c'est ? demande Éric. Tu me rends fou là à tourner autour du pot.

— Je n'ai jamais frappé Maelly, lançé-je sans autre explication.

— Comment ça ?

Je prends une inspiration pour trouver le courage de l'annoncer sans m'écrouler.

— C'est Charles.

— Ton beau-père ?

— Oui. Il était hors de lui. Nous nous disputions. Il a violemment repoussé Maelly qui s'inquiétait de nous entendre crier. Elle a basculé dans le vide.

Mes amis restent un instant silencieux. C'est dur à encaisser, et l'image de ma fille tombant du premier étage est à la limite du supportable.

— Mais tu en es certain ? demande Yann.

— Oui, j'ai eu beau retourner tout ça dans ma tête, j'en suis sûr. C'était bien lui. Il a berné son entourage, mon amnésie l'a bien arrangé.

Éric et Yann restent bouche bée, choqués par l'information. Ils m'ont vu m'éloigner de tout depuis cinq ans. Aujourd'hui, ils comprennent que tout aurait pu être différent.

— Il a gâché ma vie, dis-je en me relevant. Il a menti à tout le monde et surtout à Allie. J'aurais pu rester avec elle, peut-être que nous aurions affronté la mort de Maelly ensemble.

— Qu'est-ce que tu comptes faire ?

— J'ai bien tenté d'aller me confronter à lui. Sans succès, il a nié. Ma seule chance c'est de convaincre Allie.

— Attends, tu es vraiment sûr de vouloir aller aussi loin ?

Je regarde mes deux collègues, sans trop comprendre leurs réticences.

— Je veux dire, continue Yann. Allie a refait sa vie, elle a peut-être surmonté son deuil. Ce serait dur pour elle de se replonger des années en arrière et d'apprendre, en plus, que son père lui a menti à propos du décès de sa fille.

— Je sais, mais je ne peux pas me taire maintenant que je suis au courant. J'ai besoin de lui dire, qu'elle comprenne, qu'elle me pardonne.

— Tu veux la récupérer ? demande Éric.

— Oui. Je l'aime toujours. On a perdu plusieurs années à cause de tout cela, on a droit à une autre chance.

— Comment sais-tu qu'elle sera réceptive ?

— Je n'en sais rien, en plus elle est mariée. Mais je dois tenter, je ne peux pas rester inactif. Vous pensez que c'est une mauvaise idée ?

— Je crois que tu as le droit de rétablir la vérité, évidemment. Et je me doute que c'est horrible de se rendre compte que tu n'avais rien fait. Mais il faut bien que tu envisages les conséquences de tes actes et que tu sois certain de vouloir aller au bout de tout cela. Pense à Allie, n'agis pas sous le coup de la colère ou guidé par une idée de vengeance.

— Je suis d'accord, ajoute Éric. Prends bien le temps de la réflexion et si tu l'aimes, si tu souhaites vraiment lui révéler la vérité, alors il faudra que tu acceptes sa réaction. Il n'est pas certain qu'elle te croie, elle pourrait aussi s'écrouler ou tirer sur le messager. Ce sera très dur pour elle.

— Je sais, je serai là pour elle si elle en a besoin. J'ai juste envie de reconstruire ma vie correctement. Je l'ai tellement aimée, les épreuves nous ont séparés, je veux que le destin nous réunisse à présent.

Yann me tapote l'épaule avant de s'éloigner. Éric me regarde un moment, me gratifie d'un sourire et finalement me prend dans ses bras. Le papa en lui comprend ma douleur. Je le sens. Les larmes aux yeux, il quitte le garage à son tour.

C'est à moi de décider de la suite. Mes amis redoutent la réaction d'Allie. Je vais chambouler sa vie et remettre en question tout ce qu'elle pense être vrai.

En ai-je le droit ? Je ne le sais pas, mais il le faut.

Chapitre 33

Allie

Pendant deux jours, j'ai repensé à ma conversation avec Betty. Maxime est devenu un courant d'air, je ne donne pas cher de notre couple. Osera-t-il demander le divorce ? J'ai plutôt l'impression qu'il lui sera beaucoup plus bénéfique de demeurer marié jusqu'à ce qu'il passe associé, ce qui aux dernières nouvelles devrait avoir lieu sous peu. De mon côté, je ne me préoccupe pas de cela. Après tout, je peux faire ce que je veux, je n'ai plus de comptes à rendre. Mes économies me permettent de voir venir et je peux enfin vivre de la photo.

Tout va pour le mieux, ou presque.

Mon esprit est tourné vers Adam, je ne cesse de penser à lui. Pourquoi ai-je passé tant de temps à le détester ? Mon bébé est parti, mais j'ai aussi tué notre couple, notre famille. Je crois qu'au fond, je n'ai pas supporté qu'il puisse nous oublier. Comment vivre avec quelqu'un qui ne peut pas partager votre douleur suite au décès de votre enfant ? Comment être au quotidien avec un homme qui ne sait pas ce que ça fait d'avoir une fille, de l'aimer plus que tout, de se sentir mort à l'intérieur lorsqu'elle disparaît. Il ne se souvenait ni de notre amour ni de notre vie. Lui aurais-je été utile ? Aurais-je pu l'aider à guérir ? Je n'ai aucune réponse à ces questions et je ne les aurai jamais. C'est le passé. Aujourd'hui, tout est flou dans mon esprit. Il se rappelle, enfin. Mais de mon côté, j'ai peur, peur de me replonger dans le deuil, dans ces heures horribles qui ont bouleversé mon existence. Je suis aux portes d'une nouvelle vie, je refuse de louper le coche. Pour une fois, je veux être égoïste et penser à moi, seulement à moi.

Betty m'a donné rendez-vous à 15 h pour aller nous balader en bord de mer. Le temps étant idéal depuis quelques jours, nous aimons profiter des températures et surtout, je veux profiter de ma tante avant son départ. Car même si aucune date n'est fixée, elle repartira, c'est toujours le cas.

Tandis que j'attends sur un banc face à l'étendue bleu azur. Je me repasse les moments délicieux vécus avec Adam à nos débuts, avant l'arrivée de Maelly. Ils n'étaient en rien comparables à ceux vécus avec Maxime. Je le sais. Nous étions jeunes, insouciants, fous d'amour. Rien n'aurait pu nous séparer à cette époque. Pourtant mon père n'était pas favorable à notre histoire. Il a toujours espéré que je me plongerais dans le droit, comme lui, et il sentait qu'Adam n'était pas du genre à se laisser dicter sa conduite. Il voulait que je vole de mes propres ailes, que je brave le cadre familial, que je m'envole pour vivre de mes rêves. Cela a pris du temps bien sûr, plusieurs années même, mais j'ai fini par le faire.

Après avoir appelé Betty une quatrième fois, je décide de rentrer. Elle semble avoir oublié notre rendez-vous, cela lui arrive parfois. Ma tante loufoque et excentrique a une mémoire de poisson rouge.

Je range mon téléphone dans mon sac et lorsque je lève les yeux vers ma voiture... je le vois...

Je ne peux faire un pas de plus. Il se tient à quelques mètres de moi. Immobile, les bras le long du corps. Vêtu d'un jean bleu marine et d'un tee-shirt, il a un casque de moto et une veste dans sa main droite.

Adam...

Je n'en reviens pas. Il me semble apercevoir un fantôme. C'était une autre vie, il avait disparu depuis si longtemps.

Il me fixe, ne sachant probablement que faire. Nous restons ainsi quelques secondes, peut-être plusieurs minutes, je ne sais plus. Mon petit cœur fragile manque quelques battements. Un trop-plein d'émotions vient de le percuter. Il est si beau. Comme dans mon souvenir, peut-être même plus. Il fait quelques pas vers moi, hésitant, ne souhaitant pas me faire fuir, j'imagine. Mais de mon côté, mes jambes sont paralysées. Je ne parviens plus à bouger. Ma respiration s'accélère à mesure qu'il s'approche. Lorsqu'il n'est plus qu'à un mètre de moi, il me sourit. Maladroitement.

Dieu qu'il est beau.

Il fait deux pas de plus. Je pose mes mains sur ses joues, comme lorsqu'on a besoin de toucher quelque chose pour s'assurer qu'il est bien réel. C'est le cas, je sens son parfum boisé, sa barbe naissante, ses petites rides au coin des yeux.

— Bonjour Allie.

Ma gorge est serrée, j'ai envie d'éclater en sanglots.

— Je sais que c'est un peu inattendu... Betty m'a dit que tu serais ici...

Betty a donc manigancé ce faux rendez-vous pour m'amener à voir Adam. Elle me connaît parfaitement, elle sait que je n'aurais jamais fait ce pas décisif. Je serais restée avec mes questions, mes doutes et mes souvenirs.

— J'avais besoin de te parler, continue-t-il.

— J'ai appris que tu avais recouvré la mémoire.

Je balbutie, plus que je ne parle. Je suis encore sous le choc.

— Oui, depuis peu, ça m'a pris du temps.

— Tu m'étonnes, ironisé-je, en retrouvant un peu plus d'aplomb.

Il sourit.

Ce sourire...

— Je voulais t'expliquer. J'avais besoin de te parler.

— C'est un peu tard, Adam.

— Je sais, mais pour moi, c'est vraiment très récent. J'ai l'impression que tout s'est passé hier.

— Je comprends. Mais je t'avoue que je n'ai pas envie de me replonger dans le passé. Dans ma douleur. Je n'en ai pas le courage.

— Je me doute. Est-ce que tu veux bien t'asseoir un instant ?

Voyant que j'hésite, il continue.

— Écoute, je sais que perdre la mémoire a vraiment tout chamboulé dans nos vies. Je ne l'ai pas fait exprès, je n'ai pas choisi.

— Je sais, le médecin me l'avait expliqué.

— J'ai eu tellement mal, mon cerveau a tout bloqué, pour me protéger. Et je le regrette, car ça aurait changé tant de choses.

— Je ne sais pas, Adam. Peut-être que oui, peut-être pas. Ton geste est impardonnable.

— J'en ai conscience. Et je suis plus que désolé de t'avoir fait subir tout ça. De vous avoir oubliées. Tu as dû souffrir, plus que de raison. Je te demande pardon pour le mal que je t'ai infligé.

— Merci, soufflé-je, les larmes aux yeux.

Bizarrement, ces quelques mots me font un bien fou. Juste l'entendre demander pardon, c'est un réel soulagement. Je me suis sentie tellement seule après le drame et aujourd'hui, il se souvient de nous et est capable d'agir comme il l'a toujours fait. Cinq ans après, mes blessures sont moins sensibles, ce simple mot « pardon » m'aide à guérir un peu plus. Je l'ai tant attendu.

— Il faut que tu saches quelque chose d'important. Et honnêtement, il n'y a pas mille façons de te le dire, alors je ne vais pas y aller par quatre chemins.

— Tu m'effraies là.

— J'ai beaucoup travaillé avec un psychologue pour recouvrer la mémoire et nous avons fait des progrès exceptionnels.

J'acquiesce.

— Le point culminant de mon travail a été de me rappeler le jour du drame, le jour où on a perdu notre petite Maelly.

De l'entendre prononcer ce prénom me retourne le cœur. Il se souvient de notre bébé. Je l'ai portée dans ma mémoire, seule, pendant toutes ces années. Incapable de regarder nos photos de famille, dans l'impossibilité de me plonger dans ses bras pour pleurer parce qu'elle me manquait. Je ne pouvais partager ma peine avec personne. Et aujourd'hui, il peut dire son doux prénom en se souvenant de son visage, de son rire, de ses magnifiques cheveux blonds.

Les larmes envahissent mes joues. Il le remarque, mais poursuit ses explications avec douceur. Il prend ma main. Une légère décharge me parcourt le bras, suivie d'un frisson. Il y a toujours ce lien entre nous. Mes mains tremblent. Les émotions sont difficiles à gérer et ça ne va pas en s'arrangeant.

— J'ai découvert quelque chose de terrible, me dit-il.

Il serre ma main un peu plus fort et plonge son regard dans le mien.

— Je n'ai jamais levé la main sur notre fille.

Je ne comprends pas ce qu'il veut dire. Je le regarde l'air interrogateur.

— Je venais d'annoncer à ton père notre mariage et notre envie de voyager. Maelly était dans la chambre en train de rassembler ses affaires, elle traînait sa peluche avec elle. Son ours, tu te rappelles ?

J'acquiesce d'un signe de tête.

— Charles s'est mis en colère, il a perdu tout contrôle. Il avait un peu bu dans l'après-midi. Maelly s'est approchée, elle s'inquiétait de nous voir nous disputer, il l'a violemment frappée et elle a basculé dans le vide.

Je retire ma main.

— Tu mens ! dis-je, horrifiée.

— Je te promets que non, je ne serais jamais revenu si je n'étais pas sûr de moi. Tu as assez souffert. Je me rappelle de tout. Nous sommes les deux seuls à connaître la vérité, ton père et moi. Il l'a cachée à tout le monde durant toutes ces années. Il m'a accusé, il t'a dit que c'était moi, mais c'était un mensonge.

— C'est faux, papa n'aurait jamais fait ça, répliqué-je en haussant la voix.

— Écoute-moi, Allie, jamais je n'aurais pu lui faire du mal. Jamais je n'aurais pu lever la main sur elle. Tu le sais, au fond de toi.

— Arrête de mentir ! hurlé-je. Papa ne m'aurait jamais menti sur la mort de ma fille. C'est impossible, il l'aimait.

— Allie, il a menti, et à cause de lui, toi et moi n'avons eu aucune chance de faire notre deuil ensemble. Tu m'en voulais tellement d'avoir eu ce geste horrible que tu n'as plus voulu me voir. J'avais perdu la mémoire, ça n'arrangeait rien, tu ne supportais pas cette situation, mais...

— Je ne veux plus t'écouter, crié-je, tu mens, tu mens ! Je ne sais pas pourquoi, mais c'est cruel ce que tu fais.

Ma tête tourne, je sens l'horreur m'envahir. Je veux fuir.

— Allie, regarde-moi, dit-il en prenant mes deux mains. Il plonge son regard dans le mien. Est-ce que je t'ai déjà menti une seule fois lorsque nous étions ensemble ?

Il n'attend pas ma réponse qui de toute manière ne peut franchir mes lèvres. Je suis noyée dans mes larmes, le cœur battant, les mains moites et tremblantes. Je ne comprends pas ce qu'il se passe. Le sang cogne dans mes tempes. Je veux partir, c'est tout ce que je veux et effacer cette conversation.

— Jamais. Jamais je ne t'ai menti et jamais je ne te mentirai.

— Tu peux te tromper, réussis-je à bafouiller. Ta mémoire est peut-être endommagée.

— Non, j'en suis certain, je suis désolé de t'infliger ça, mais la vérité c'est tout ce qu'il me reste. Je vous ai perdu toutes les deux, mais aujourd'hui, je te dois la vérité.

Je fais un mouvement en arrière pour qu'il me lâche et me mets à courir de toutes mes forces vers ma voiture. Une fois à l'intérieur après avoir bataillé pour sortir les clés, je l'observe de loin avant de démarrer. Il est resté sur place, le regard dirigé vers moi. Il porte sa main à son front et jette son casque avec virulence sur l'herbe de la petite allée longeant le bord de mer. Le casque rebondit et s'immobilise contre le banc.

Je démarre en trombe.

Sur le trajet, je réfléchis à ces quelques paroles. J'ai vécu les montagnes russes. Heureuse et troublée de retrouver Adam. Puis anéantie par ce qu'il a osé me dire. Se peut-il qu'il ait raison ? Non, c'est impossible, papa ne m'aurait jamais menti sur quelque chose d'aussi grave. Pourquoi Adam me raconte-t-il cela ? Est-ce qu'il se trompe ? Est-ce que sa mémoire lui joue des tours ? C'est possible après tout, il a peut-être des difficultés à affronter la vérité.

Lorsque je me gare dans l'allée de la maison. Betty m'attend, assise sur le perron. Je vois son visage, je comprends qu'elle sait. Elle ne m'a rien dit, mais elle est déjà au courant de cette information fracassante. Elle le croit, j'en suis sûre, elle ne m'aurait jamais envoyée le retrouver dans le cas contraire.

Je cours pour me jeter dans ses bras et vide toutes les larmes de mon corps sur son épaule. Sans un mot, elle me console. J'ai besoin d'évacuer ma peine et ma tante est la seule qui peut me soutenir dans cette nouvelle épreuve.

Chapitre 34

Adam

Je dois lâcher ses mains. Elle se met à courir vers sa voiture. Elle semble vouloir me fuir. Est-ce de moi ou de la vérité dont elle veut s'éloigner ? Peut-être un peu des deux. On n'aime jamais le messager quand il apporte une mauvaise nouvelle. Lorsqu'elle est dans son véhicule, je me surprends à penser que je ne la verrai plus. J'ai peur qu'elle ne veuille plus jamais m'adresser la parole. Je suis en colère contre moi, fou de rage de lui avoir fait du mal. Je jette mon casque au sol. Il rebondit avant de s'immobiliser contre le banc.

Elle démarre et sa voiture disparaît au coin de la rue. Vais-je la revoir ? J'en doute, et pourtant j'en ai besoin. Tout ce que j'ai ressenti pour elle lors de mes flashs, de mes souvenirs, tout est encore réel et ancré en moi. J'ai senti mon cœur battre la chamade quand elle a porté ses mains à mes joues. Mon corps tout entier s'est tendu lorsque je lui ai pris la main. De l'électricité a parcouru chacun de mes membres. Ce sentiment que l'on a quand on aime passionnément quelqu'un, vous voyez ? Celui qui vous transporte, qui vous donne des ailes, qui vous donne envie de crier son prénom, de la serrer contre vous et de l'embrasser intensément. J'ai ressenti tout cela lorsqu'elle était devant moi. J'ai observé chacun de ses traits. Je me rappelle ses petites fossettes au creux des joues, son regard pétillant, ses beaux cheveux bruns. J'ai besoin d'elle, je le sais à présent. Tout m'est revenu.

Je ne peux pas en rester là, je ne peux pas la perdre à nouveau. Elle est mon tout.

De retour à la maison, je m'écroule sur le canapé. Dépité. Jazz me saute dessus et vient me lécher le visage avec vigueur. Les chiens sentent-ils notre désarroi ? Notre peine ? Notre douleur ? Ont-ils cette capacité incroyable ? J'aime à le croire. Après tout, il est toujours là, toujours présent, toujours réconfortant, d'une certaine manière. Ce n'est pas qu'un chien, c'est un allié fidèle, un ami, un membre de ma famille. J'ai appris à l'aimer, j'ai appris à l'apprivoiser et je crois qu'il en est de même de son côté. Le décès de ce pauvre homme a eu le mérite d'apporter un peu de bonheur dans ma vie. Il m'a fait un magnifique cadeau sans le vouloir, car ce chien est devenu essentiel à mon équilibre. Il ne manque plus qu'Allie.

— Maelly aurait été ravie de te connaître, tu sais, mon beau Jazz. Elle voulait un chien, mais nous avons refusé. Finalement, nous aurions dû…

Je caresse la tête de mon compagnon qui se tourne pour se retrouver sur le dos et m'offrir son ventre en guise de terrain de gratouilles. Il adore cela et il me fait rire avec ses quatre pattes en l'air. Il a tendance à oublier qu'il n'a pas la taille d'un chihuahua. Il occupe tout l'espace, si bien que je dois me décaler pour le laisser poser sa tête sur mes cuisses.

Après quelques minutes d'intenses caresses en tête à tête, nous sommes interrompus par la sonnette. Je me lève presque à contrecœur. Gabriel attend patiemment derrière la porte, un plat recouvert de papier aluminium dans les mains.

— Bonsoir mon garçon. Je ne te dérange pas ?

— Bien sûr que non. Entrez.

— Je t'ai vu rentrer, il n'y a pas longtemps. Je t'ai ramené un peu de gratin, si ça te dit.

— C'est gentil, je n'ai rien avalé de la journée.

— Tu sais bien que ce n'est pas sérieux. Je te réchauffe une part ?

— Je veux bien, vous avez mangé ?

— Oh tu sais, je mange comme les poules.

Je lui tends une assiette tandis qu'il découpe une part de gratin pour l'y déposer. Il l'apporte jusqu'au micro-ondes. Il a l'habitude, il s'occupe de moi depuis mon installation, comme un père. Une vraie bénédiction pour moi qui n'ai plus de famille.

— Alors, quelles sont les nouvelles ? Tu te fais plus rare.

— Ce n'est pas facile en ce moment.

— Des ennuis au travail ?

— Non du tout. J'essaie de faire éclater la vérité à propos d'un événement de mon passé.

— Les gens ne sont pas toujours prêts à entendre la vérité, tu sais, ils préfèrent souvent faire l'autruche et se bercer d'illusions.

— Je sais bien, je l'ai d'ailleurs fait pendant des années. Mais c'est important et cela pourrait influer sur mon avenir.

— À quel point ?

— Au point de retrouver la femme que j'aime, au point de reconstruire une famille.

— Très bien, alors où est le problème ?

— La seule personne qui connaît cette vérité, en dehors de moi, nie tout en bloc. Et je n'ai aucun moyen de la forcer à tout révéler.

— Je comprends. Mais tu veux que je te dise une chose...

Il s'interrompt pour récupérer l'assiette et la déposer devant moi avec une fourchette.

— Je pense que tout se sait un jour ou l'autre, la vérité finit toujours par éclater.

— Vous croyez ?

— Oh que oui. Un mensonge, ce n'est jamais bon. On finit toujours par commettre une erreur.

— J'espère que vous avez raison. J'aimerais tellement avoir une nouvelle chance avec Allie.

— Si vous êtes faits pour être ensemble, le destin vous réunira.

— Nous avons été séparés si longtemps. Je ne veux plus vivre une seule seconde sans elle.

— Sais-tu si elle ressent la même chose pour toi ?

— Je crois que oui. Mais elle a pas mal de problèmes à régler.

— Sois patient, même si c'est difficile lorsqu'on aime sincèrement. Mais, il n'y a pas d'autre alternative.

Il me tapote l'épaule et quitte la maison après avoir salué et gratouillé Jazz qui remuait vivement la queue pour attirer son attention.

Gabriel a raison, il ne faut pas que je force les choses. J'ai dit ce qu'il fallait à Betty, à Charles et surtout à Allie. Maintenant, je dois laisser faire le temps.

Chapitre 35

Gabriel

J'aimerais tellement pouvoir aider ce garçon. Il me touche. Je l'ai tout de suite apprécié. On n'explique pas ces choses-là. Je sentais qu'il avait souffert. Il fuit son passé, c'est évident, mais c'est un homme bien. La vie est parfois cruelle, mais je crois qu'on peut toujours trouver une petite lueur d'espoir même dans la tempête.

Si seulement j'avais rattrapé ma Marie. J'espère qu'il ne fera pas la même erreur que moi. Elle est heureuse maintenant, c'est tout ce qui compte, mais après elle, je n'ai plus jamais aimé. C'était impossible. Comment oublier son grand amour ? Le petit Adam a encore une chance de tout reconstruire, il est jeune, la vie est devant lui, il faut qu'il en ait conscience. Mais je crois qu'il est sur la bonne voie.

Quand il est arrivé ici, il était tellement renfermé, il semblait porter le poids du monde sur ses épaules. Il était triste, seul, perdu, et puis, petit à petit, il s'est ouvert. Oh, il a mis le temps, hein, mais nous avons réussi à le faire sortir de sa coquille. Et nous avons bien fait, je crois qu'il retrouve le chemin du bonheur. À son rythme, étape par étape. Il faut parfois prendre le temps de se reconstruire pour pouvoir entrevoir l'avenir. Mais il faut surtout accepter le passé, l'affronter si nécessaire, ne surtout pas le nier, le repousser, tenter de l'effacer de sa mémoire, ça ne marche jamais.

J'espère qu'il s'en sortira, il le mérite.

Je n'ai pas envie qu'il finisse comme moi. Peut-être qu'au fond, il m'a aidé lui aussi, à me sentir moins seul, à trouver un but, à trouver un ami.

Peut-être qu'il n'y a pas que lui qui doit se reprendre en main...

Je n'ai pas envie de passer mes vieux jours, isolé, pas envie de mourir seul. Je suis terrorisé à cette idée.

Je ne sais pas s'il est trop tard pour moi... j'espère que non.

Chapitre 36

Allie

Après avoir pleuré dans les bras de Betty pendant une bonne demi-heure, je relève enfin le nez de son cou trempé. La pauvre a attendu patiemment que mes sanglots se calment. Elle me tend un énième mouchoir. Mes joues me tiraillent tant les larmes ont coulé. Je me rends rapidement dans la salle de bain afin de me rafraîchir. Mon maquillage n'est plus qu'un souvenir. Des traces de mascara sont encore visibles. Je nettoie ma peau, constatant l'état peu avenant de mon visage. Le nez rouge, les yeux bouffis, les lèvres tremblantes, je n'ai pas bonne mine. Mais après tout, j'ai le droit, la journée a été riche en émotions. Lorsque je reviens dans le salon, Betty a préparé du thé et sorti quelques biscuits du placard. Nous prenons place sur le canapé. Elle me sourit avec douceur. Son visage me rassure.

— Tu le crois ? demandé-je.

— Oui, dit-elle simplement.

— Pourquoi, après toutes ces années ?

— Parce que je le connais, et tu le connais aussi. Il ne serait jamais venu s'il n'était pas certain de ce qu'il affirmait.

— Et si sa mémoire lui jouait des tours.

— Peut-être, mais il n'y a qu'une manière de le savoir.

— Demander à papa.

— Oui.

— Il niera, même si c'est vrai.

— Je sais, mais on ne peut pas laisser le doute perdurer. Imagine qu'Adam ait raison. Tu te rends compte de ce qu'a vécu ce pauvre homme. Il a perdu sa fille, la femme qui partageait sa vie, sa famille, ses souvenirs. Tout a disparu en un éclair. Il n'a pas pu se reconstruire auprès de toi, comme cela aurait dû être le cas.

— Tu penses que j'ai eu tort de le quitter ?

— Je crois que tu étais perdue, en colère, triste. Tout s'est mélangé dans ton esprit. Tu avais le droit de lui en vouloir, car tu le pensais coupable de ce geste.

— Je regrette tellement.

— Je sais, ma chérie. Mais la vie n'est pas terminée. Adam est là, toi aussi. Il y a encore une chance de bouleverser l'avenir.

— Tu crois ?

— J'en suis certaine, pardi. Le destin vous a réunis à nouveau. Peut-être pour vous donner une autre chance.

Je bois une gorgée de thé.

— L'aimes-tu encore ?

— Si tu savais... Le voir, le toucher, ça a été comme un électrochoc. C'est facile de se convaincre qu'on a oublié quelqu'un lorsqu'on ne le côtoie plus. Mais, il était là, devant moi, toujours aussi beau, avec ce regard pénétrant qui semble lire en vous. Il attendait beaucoup de moi et je pense que je l'ai déçu.

— Adam n'est pas idiot. Il savait que ta réaction serait difficile. C'est normal, après tout. Mais, il ne tient qu'à toi de décider de la suite.

— C'est qu'il y a Maxime...

— Maxime est un garçon gentil, vraiment, je l'aime bien. Mais tu as le droit de vibrer et d'être heureuse, pleinement. Et Maxime mérite aussi de trouver le bonheur auprès d'une femme qui a les mêmes attentes que lui.

— C'est vrai. On est un peu en prison tous les deux.

— C'est exact. Et il est temps de briser ta cage pour t'envoler.

— Qu'est-ce que je dois faire ?

— Je crois qu'une discussion avec ton père s'impose...

— Et si c'était vrai, Betty ? Je ne pourrai jamais lui pardonner.

— Je comprends, c'est tout ce qu'il méritera après tout. Mais, il a le droit de s'expliquer, laisse-lui au moins cette possibilité et ensuite tu feras ce que tu souhaites et je te soutiendrai.

— C'est comme si je m'apprêtais à briser notre famille. C'est une lourde responsabilité.

— C'est vrai, mais la vérité doit éclater. Qu'importe son contenu. Tu en as besoin pour avancer. Et Adam aussi. Il doit savoir s'il a raison ou non.

— Oh mon dieu. J'espère que j'aurai la force.

— Tu l'auras et je serai à tes côtés.

Elle se rapproche pour me serrer dans ses bras. L'heure est aux décisions et aux révélations. Mon avenir va probablement être bouleversé, tout comme celui de ma famille. Le visage de Maelly traverse mes pensées. Je lui dois de découvrir la vérité sur le moment qui a mis un terme à sa vie. Ma magnifique petite fille.

Je t'aime et tu me manques.

***

Le lendemain soir, je me rends chez mes parents. Prête à en découdre avec mon père. Je me suis répété ce que je dois dire. Pourtant je suis certaine que l'émotion me gagnera au point de ne pas parvenir à aligner trois mots. Mais il le faut. Je ne dois pas sortir de cette maison sans une réponse, quelle qu'elle soit. Je veux la vérité.

— Papa, crié-je, en passant la porte d'entrée. Papa !

— Qu'est-ce qu'il y a ? s'enquiert ma mère en se précipitant vers moi.

— Où est papa ?

— Dans son bureau.

— Papa ! crié-je de plus belle.

Betty apparaît dans le salon. Les mains croisées sous son menton. Silencieuse, elle me regarde. Je sens son courage, son soutien, même sans parole.

— Je suis là, qu'est-ce qu'il y a ? demande mon père en retirant ses lunettes.

— Est-ce que c'est vrai ?

— De quoi ?

— C'est toi qui as tué ma petite fille ? lancé-je, sans autre préambule.

— De quoi est-ce que tu parles ?!

— Le jour de l'accident, c'est toi qui as frappé mon bébé ou c'était Adam ? Je dois savoir.

— C'était Adam, bien sûr. C'est pour ça que tu es venue ? demande mon père, légèrement dédaigneux.

— Tu es malade ? s'enquiert ma mère en venant toucher mon front.

Je repousse sa main avant qu'elle n'ait eu le temps de m'atteindre.

— Je ne suis pas malade, j'ai besoin de réponses.

— Tu as vu ce bon à rien, c'est ça ? Il est devenu complètement fou avec les années.

— Ne parle pas de lui, comme ça, papa.

— Bon si tu as terminé ta petite crise, je retourne travailler.

— Tu restes ici, ordonné-je, je n'ai pas fini. Adam n'aurait jamais menti sur la mort de sa fille. Jamais.

— Tu ne sais pas, Allie. Il a changé, il a perdu la mémoire. Connais-tu sa vie à présent ?

— Je le connais assez pour savoir qu'il nous aimait par-dessus tout.

— Pourtant, il l'a tuée, crache-t-il.

— Charles ! gronde ma mère, pour la première fois.

— Ce n'est pas ce que je voulais dire, ajoute mon père. Excuse-moi, Allie. Mais je t'assure que ce qu'il t'a raconté est faux.

Je sors des photos de ma poche. Je les étale sur la table ronde trônant au centre de l'entrée.

— Tu te souviens de ta petite-fille, papa ? Maelly, mon petit ange. Tu te souviens d'elle ?

— Allie...

— Regarde les photos, papa ! Regarde-les bien. Et ose me dire dans les yeux que tu n'y es pour rien.

Mon père observe les clichés. Des clichés de Maelly avec mes parents, dans le jardin, en vacances en Bretagne, de Maelly, Adam et moi. Il s'attarde sur une photographie le représentant avec ma fille dans ses bras qui joue avec ses lunettes. Son ours en peluche est posé à côté d'eux.

Papa demeure silencieux un instant.

— Si tu aimais Maelly, si tu aimais ta petite-fille, tu me dois la vérité, tu lui dois à elle.

Pour la deuxième fois de sa vie, je vois mon père pleurer. La première était le jour de la cérémonie suivant le décès de ma fille. Il ne parle pas, mais les larmes ont envahi ses yeux. Ma mère se rapproche pour poser la main sur son bras.

— Laisse ton père tranquille, dit-elle. Tu trouves ça drôle de lui rappeler tous ces souvenirs douloureux.

— Ah parce que tu crois qu'ils ne le sont pas pour moi ? C'était ma fille, mon enfant, la chair de ma chair, tu comprends, maman ? Depuis des années je crois des choses qui semblent être fausses. J'ai perdu Adam. J'ai perdu Maelly et depuis je suis malheureuse.

— Arrête tes bêtises. Tu n'es pas malheureuse, nous avons toujours été là pour toi. Tu as tout ce que tu souhaites et un mari formidable.

— Mais tu t'entends parler, maman ? Tu sais mieux que moi ce qui me rend heureuse, c'est ça ? J'ai 32 ans, le temps où tu pouvais me dicter ma conduite est révolu.

— Ça suffit vous deux, gronde mon père en essuyant ses larmes.

— Adam a toujours été un père merveilleux, papa. Que tu l'apprécies ou non ne change rien. Il aimait Maelly, plus que sa propre vie, tout comme moi. Elle nous a été arrachée, mais nous avons droit à la vérité. Je sais que tu l'aimais aussi. Je sais qu'elle vous manque, comme à moi, dis-je en pleurant à mon tour. Je pense à elle, chaque seconde de mon existence. J'ai perdu mon enfant papa. Je l'ai mise au monde, je l'ai portée dans mes bras, je l'ai vue grandir. Elle n'avait que 4 ans. Je t'en supplie... dis-moi ce qu'il s'est passé ce jour-là.

— Adam est venu chercher Maelly à la maison.

— Charles ! gronde ma mère, pour l'interrompre. Mais mon père continue, en l'ignorant.

— Elle jouait dans le jardin avec cet ours en peluche qu'elle aimait tant. Au moment de partir, nous sommes montés récupérer ses affaires.

— Charles, insiste ma mère. Tais-toi !

— Ça suffit Éléanore, il est temps.

Ma mère s'écroule sur les marches de l'escalier central, tandis que Betty s'est approchée de moi pour me prendre la main. Elle est restée silencieuse, mais sentant que l'émotion est à son comble, elle vient me soutenir. Mon père se dirige vers la fenêtre pour continuer ses explications.

— Et il m'a annoncé que vous alliez vous marier et partir en voyage pendant des mois, ou des années. J'avais bu dans l'après-midi, une affaire difficile. Je n'ai pas su me contrôler. Je refusais qu'il vous arrache à moi. Nous nous sommes disputés, j'ai cherché à le frapper.

Betty serre ma main un peu plus fort. Mon cœur cogne à travers ma poitrine, il semble vouloir s'en extirper.

— Il tentait de me calmer. En vain. Maelly s'est approchée, terrorisée à cause de mes cris, et je l'ai repoussée lorsqu'elle a essayé de me toucher. Je l'ai poussée si fort qu'elle a basculé dans le vide en brisant la rambarde, qui était déjà chancelante. Je n'ai jamais pris le temps de la réparer, j'aurais dû.

Mon père essuie ses yeux avec sa main, son souffle est plus rapide, il a des difficultés à articuler au milieu des sanglots.

— Adam a hurlé de douleur et s'est précipité dans les escaliers pour la rejoindre. Il voulait la secourir. Je l'ai entendu l'appeler plusieurs fois, mais elle ne bougeait plus. J'ai regardé en bas, elle gisait dans une mare de sang, immobile.

Je ne parviens pas à retenir mes larmes. Imaginer ma petite fille étendue sur le carrelage est au-dessus de mes forces. Je suis à deux doigts de m'écrouler.

— Adam a perdu l'équilibre dans sa précipitation. Il a dévalé les escaliers. Ce silence qui a envahi la pièce en cet instant était insupportable. Adam gémissait, allongé en bas des marches. Il essayait de tendre son bras vers Maelly, comme pour l'atteindre, mais il était à bout de forces, comme paralysé. Je n'ai pas bougé, j'étais figé, tétanisé par la peur. Il a perdu connaissance et c'est là que je me suis précipité sur le téléphone pour appeler les secours. En cet instant, j'ai su. J'ai su que vous ne me pardonneriez jamais. C'était de ma faute, j'avais bu, je n'ai pas maîtrisé ma colère, j'ai tué Maelly. J'ai menti aux secours en expliquant qu'elle était tombée, seule. J'ai paniqué.

Mon père marque une pause pour reprendre sa respiration. Il n'a pas osé nous regarder pendant toute la durée de son explication. Betty sanglote, quant à moi, je me suis appuyée contre le mur. Mes jambes ne me tiennent plus.

— À son réveil, à l'hôpital, Adam avait perdu la mémoire. J'ai sauté sur l'occasion pour maintenir ma version auprès de la police. Maelly était tombée seule à cause de la rambarde cassée.

— Et tu m'as dit que c'était Adam.

— Oui. Je voulais que tu le quittes et que tu nous reviennes. Il t'influençait trop, je te perdais. Je refusais de te voir t'éloigner de nous.

— Tu m'as expliqué que tu ne souhaitais pas accabler Adam en précisant que c'était de sa faute. Tu as dit que c'était pour cela que tu avais raconté à tout le monde qu'elle était tombée seule.

— Je ne voulais pas l'enfoncer, à tort. Mais tu devais le quitter.

— J'ai cru que tu voulais le protéger, que tu faisais preuve de pardon et d'une tolérance incroyable, alors que je le maudissais pour son geste. Je l'ai détesté, je l'ai abandonné.

— Il n'y avait aucune raison pour que mon mensonge ne tienne pas la route. J'ai prié pour qu'il ne recouvre pas la mémoire et j'ai tout fait pour te convaincre de tourner la page, loin de lui.

Mon père s'approche de moi et tente de prendre mes mains. Je le repousse violemment. En cet instant précis, je le hais. Il a tué mon enfant, mon unique enfant. Ma merveilleuse petite fille. Il m'a séparée d'Adam, il m'a menti. Il m'a dépeint Adam comme un « monstre » qui a perdu le contrôle et a frappé notre fille. Mais en réalité, il n'en est rien, il n'a rien fait, il a été victime de l'ignominie de mon père et je lui ai tourné le dos alors qu'il avait besoin de moi. J'ai construit ma vie sur des mensonges. J'en ai voulu à l'homme que j'aimais, car je le pensais coupable de tout cela. Il n'a pas pu se défendre, il n'a pas pu plaider sa cause. Il a été condamné sans possibilité de s'expliquer.

— Je suis désolé, souffle mon père. Tellement désolé. Je ne voulais pas te voir souffrir, mais j'ai paniqué, je ne souhaitais pas te perdre.

— Depuis cinq ans, tu me mens. Tu aurais pu me dire qu'il n'avait rien fait, tu aurais pu m'avouer qu'il était innocent.

— Tu étais si malheureuse, si triste. Tu as mis du temps à te relever. Tu as rencontré Maxime et je ne voulais pas briser ce que vous aviez construit. Je ne voulais pas que tu nous tournes le dos pour le retrouver.

— Je jette un coup d'œil à ma mère, elle ne semble pas surprise.

— Tu étais au courant ? lui demandé-je.

Elle baisse les yeux.

— Ta mère n'est pas fautive. Ne lui en veux pas.

— Tu plaisantes ?

— Je ne lui ai dit la vérité qu'après la visite d'Adam.

— Vous me dégoûtez, craché-je. On ne peut pas mentir impunément à propos d'un événement aussi grave. J'ai perdu ma fille, ce jour-là. J'ai perdu l'homme qui partageait ma vie. Vous imaginez ce qu'a dû ressentir Adam, rejeté de tous alors qu'il n'a plus de parents. Il s'est retrouvé seul. Et c'est à cause de vous. Si j'étais restée auprès de lui, nous aurions reconstruit notre vie, notre couple aurait pu surmonter le drame.

— Tu ne peux pas le savoir, réplique ma mère.

— Bien sûr que si. Nous nous aimions. Nous étions plus forts, ensemble.

— Il a perdu la mémoire, il ne se souvenait même pas de toi, ajoute mon père.

— Peut-être, mais je pense qu'il aurait pu se souvenir de nous avec mon aide. Et quand bien même, j'avais besoin de lui. J'avais besoin de lui pour m'en sortir. J'ai toujours besoin de lui.

— Allie, tu es mariée. Maxime est merveilleux, lance ma mère.

— Je suis mariée et malheureuse ! À compter d'aujourd'hui, vous n'êtes plus mes parents. Je ne vous pardonnerai jamais ce que vous m'avez fait. Vous êtes des êtres ignobles, crié-je.

Je récupère difficilement les clichés qui sont toujours étalés sur la table.

— Allie, souffle Betty, en tentant d'attraper mon bras.

— Je ne peux pas rester une seconde de plus dans cette maison. Je ne peux pas.

Betty relâche mon avant-bras et porte sa main à son cœur. Elle comprend, je le sais. À ce moment précis, je suis hors de moi. Les émotions ont envahi mon esprit, mon cœur, mon corps tout entier. Il me semble que Maelly vient de mourir une seconde fois. Comment a-t-il pu prendre cette décision et s'y tenir pendant cinq ans ? Comment a-t-il pu mentir à propos d'un sujet aussi grave ? Il m'a vue malheureuse, anéantie, au fond du trou. J'ai mis un an à me remettre de ce drame. Croit-on à son mensonge au bout d'un certain temps ? A-t-il fini par se convaincre qu'il n'était pour rien dans le décès de ma fille ? Je ne le sais pas et je n'ai pas envie de le savoir.

J'ai trop perdu à cause de lui.

***

Adam

Il est deux heures du matin. Je suis allongé sur le canapé. Jazz dort profondément sur le tapis. Le bougre n'a pas eu de mal à trouver le sommeil.

La chance !

J'hésite entre me lever pour retrouver mon lit ou me taper la tête contre le mur afin de m'aider à dormir. Mon esprit est tourné vers Allie. Que fait-elle ? Dort-elle tendrement blottie dans les bras de son mari ? Pense-t-elle à moi ? A-t-elle réussi à trouver le sommeil ? Je ne sais pas comment je vais pouvoir affronter les prochains jours, les prochaines semaines, peut-être les prochains mois. Et si je n'ai jamais de nouvelles, et si elle ne me contacte jamais, et si...

Stop !

Je dois me calmer. Je ne risque pas de m'endormir et de supporter les prochains jours dans ces conditions. Jazz se redresse subitement. Il surveille le hall d'entrée.

— Qu'est-ce qu'il y a mon gros ?

Il arrive que des sangliers ou des renards longent la maison, durant la nuit. Jazz a l'oreille, il les repère à chaque fois.

Il se met à courir à travers le salon. Surpris, je guette le moindre bruit, lorsque j'entends des coups. Ils proviennent de la porte d'entrée. Ils sont assez doux. Si Jazz ne m'avait pas alerté, je ne les aurais pas entendus. Je me lève en vitesse et me hâte vers la porte. Jazz est déjà installé devant l'entrée, remuant la queue avec vigueur.

J'ouvre et reste figé.

— Mathilde ?

— Salut, Adam.

— Que se passe-t-il ? Tout va bien ?

Mathilde est livide, je la sens dépassée par ses émotions. Je l'ai rarement vue dans cet état. Sa lèvre inférieure tremble, son visage est baigné de tristesse.

— Mathilde, parle-moi ! Tu m'inquiètes.

Elle est sur le pas de la porte, immobile, elle me regarde avec anxiété. Ses yeux sont noyés par des larmes qui ne demandent qu'à se jeter dans le vide.

Enfin, elle se décide à parler...

— Je suis enceinte.

Epilogue

Papa et maman me manquent, je les observe et je veille sur eux. C'est tout ce que je peux faire. Ça fait un moment que je suis là maintenant. Le temps est long, très long, mais je n'ai pas mal, je ne suis pas triste. C'est plutôt agréable ici.

Depuis longtemps, maman a perdu son sourire, tout comme papa a perdu la mémoire. Je les voyais pleurer, chacun de leur côté. Ils étaient seuls, malheureux et ils pensaient à moi, beaucoup, surtout maman. Je voulais les serrer dans mes bras, leur dire que j'étais là, mais je ne pouvais pas.

Alors, j'ai fait des vœux, très fort, à tous mes anniversaires. J'avais juste envie qu'ils se retrouvent. Mais sans les bougies, ça marche pas très bien.

Quand papa s'est enfin souvenu de nous, il est allé chercher maman. J'ai croisé les doigts, très fort, même les doigts de pied. Il fallait bien ça !

Je ne sais pas ce qu'il va se passer, mais je suis soulagée, car papa est redevenu papa et jamais plus il ne laissera maman, c'est sûr ! Je vais enfin pouvoir me reposer. C'était bien fatigant de veiller sur eux, de là-haut. Bobby et moi, on va s'amuser un peu avec les autres enfants parce qu'on est toujours des enfants, après tout.

Alors papa, maman, ne vous inquiétez pas pour moi. Je vais bien. Je pense à vous, très fort, et je vous aime au-delà de l'infini.

***

FIN

***

Remerciements

Beaucoup de choses se sont passées en quelques mois. Un simple clic peut tout bouleverser. Lorsque j'ai écrit « *Maintenant et à jamais* », je n'aurais jamais pensé que l'aventure serait si belle. Et pourtant...

Et je dois dire que c'est grâce à vous, chers lecteurs, car si vous n'étiez pas là, qui lirait mes romans ? À part moi évidemment ! Vous êtes exceptionnels, votre soutien et vos gentils mots sur les réseaux sociaux me touchent énormément. J'ai versé quelques larmes suite à certains retours de lectrices, je dois l'avouer ! Moi sensible ? Nooonn... Hum hum.

J'espère que vous continuerez à me suivre car je vous réserve plein d'autres histoires, des histoires réalistes, des tranches de vie, des histoires de famille, de courage, de bonheur, d'amour. Ce qui nous fait vibrer au quotidien, en bien ou en mal. Des histoires qui racontent la vie, tout simplement.

Parmi les personnes qui m'entourent, merci à Miwa, ma chienne (ce n'est pas une blague !), à qui je raconte mes états d'âme ! Elle n'en peut plus !

Merci à mon concubin, je ne retiens pas toujours tes idées, mais si tu n'étais pas aussi patient et compréhensif, je ne pourrais pas vivre ce rêve.

Merci aux fabuleuses bêta-lectrices qui m'ont permis d'améliorer mon premier jet grâce à leur regard aiguisé !

Merci aux auteurs et blogueurs que je côtoie sur les réseaux sociaux. Cette grande famille est incroyable. J'apprends tellement de choses, je lis de magnifiques histoires et je me régale au quotidien en partageant tout cela avec vous.

J'espère que vous serez au rendez-vous pour le quatrième roman !

Je vous souhaite de merveilles lectures,

Amitiés,

Audrey

On reste en contact ?

Merci d'avoir pris le temps de lire ce livre.

Si vous avez aimé cette histoire, n'hésitez pas à poster un petit commentaire sur **Amazon** et à en parler autour de vous, car sans vous, ce roman ne pourrait pas continuer sa route.

Vous pouvez me contacter par mail ou via mon blog, je suis aussi très active sur les réseaux sociaux :

Facebook :
https://www.facebook.com/audreymartinezauteur
Twitter :
https://twitter.com/AudreyM_auteur
Instagram :
https://www.instagram.com/audrey.martinez.auteur
Site :
www.audreymartinez.fr
Mail :
audrey.martinez.auteur@gmail.com

À bientôt au détour d'une page...

Audrey

Maintenant et à jamais

Romance dramatique

Emma et Ian vivent à Nice, ils sont jeunes, amoureux et pensent avoir toute la vie devant eux. Jusqu'à cette soirée, le 14 juillet 2010, au cours de laquelle un drame va les frapper de plein fouet. Marquée par cet événement, choquée et anéantie, Emma va sombrer, s'éloignant progressivement de son grand amour. À bout de souffle, elle va faire un choix qui va bouleverser son existence.

Mais une seule décision peut-elle vraiment changer toute une vie ?

Venez vous plonger dans l'univers d'Emma et Ian, venez partager quelques années de vie avec eux. Une histoire poignante, bouleversante, un florilège d'émotions, vous n'en sortirez pas indemnes ! Laissez-vous embarquer !

http://amzn.to/2E1ciQW

Contre vents et marées

Romance contemporaine

Jack a une vie familiale chaotique. Sa mère, Cécile, est en dépression depuis un an. Le jeune homme se débat pour survivre, malgré la violence, l'alcool et la solitude. Jusqu'au jour où il rencontre la sublime et douce Marta. Le destin a décidé de lui donner une chance de s'extirper de ce quotidien destructeur. Mais la vie n'est pas un long fleuve tranquille et les épreuves vont se succéder au point de compromettre leur avenir. Parviendront-ils à s'aimer contre vents et marées ?

https://amzn.to/2wa2sKp

Biographie

Audrey MARTINEZ est née à Nice, le 24 juillet 1986.

Professeur des écoles, membre du *Club des indés*, de l'association *Les plumes indépendantes* et rédactrice en chef du site *Livrenpromo*, elle est passionnée par la lecture et l'écriture.

Son premier roman « ***Maintenant et à jamais*** », publié en juillet 2017, a déjà réuni plus de 3000 lecteurs.

« ***Contre vents et marées*** », son second roman, compte un millier de lecteurs en moins de six mois.

« ***La valse des souvenirs*** » est son troisième roman. La suite devrait arriver début 2019.